Alone

Alone

초판 1쇄 발행 2019년 2월 1일

* 이 책은 저작권법에 따라 보호받는 저작물이므로 무단전재와 무단복제를 금지하며, 이 책의 내용을 전부 또는 일부를 이용하시려면 반드시 저작권자와 〈도서출판 행복에너지〉의 서면 동의를 받아야 합니다.

출판 행복에너지는 독자 여러분의 아이디어와 원고 투고를 기다립니다. 책으로 만들기를 원하는 콘텐츠가 있으신 분은 이메일이나 홈페이지를 통해 간단한 기획서와 기획의도, 연락처 등을 보내주십시오. 행복에너지의 문은 언제나 활짝 열려 있습니다.

모든 사람이 사라진 적막한 세계,
처음으로 순수한 인간 본질에 대면하다.

Alone

김태곤 지음

행복에너지

목차

제1장

모든 사람이 사라져 버렸다
Disappeared into the thin air

태호는 어젯밤 속이 너무 쓰려 위장약에 신경 안정제까지 곁들여 먹고, 응접실 소파에 누워 잠을 청하고 있었다. 최근 사사건건 은근히 스트레스를 주는 아내, 일주일 전 날아온 세무조사 통지문, 매일 컴퓨터 앞에서 주식정보를 쳐다보며 팔아야 하는지 더 버티고 있어야 하는지를 몰두하다 보니… 위장약만 가지고는 통증이 가시지 않아 안정제까지 곁들인 것이다.

"제기랄" 누구를 향한 분노인지 모르겠지만 여하튼 좀 화가 치민 상태였는데, 눈을 떠보니 어스름한 이른 여름 새벽, 벽시계는 5시를 살짝 넘어서고 있었다. 중간에 화장실 한번 안 갔으니 최근에 오늘처럼 푹 자 보기도 처음이었다. 별로 기억나는 꿈도 없었고 머리도 띵하지 않았다.

습하고 더워 엉금엉금 다가가 베란다 창문을 활짝 여니 여름날의 풀벌레소리와 매미소리가 한꺼번에 방 안으로 밀려들어왔다. 매일 아침 그랬듯이 태호는 오디오 스위치를 올렸고, FM에서 바로크 음악이 부드럽게 조용히 흘러나왔다. 그는 덜 깬 눈꺼풀을 가늠하며 정수기 앞으로 걸어갔다.

냉수 한 컵을 마시고 간밤에 쌓였을 위산이 몽땅 씻겨 내려가

도록 연이어 한 잔 더 벌컥 벌컥 목구멍 속으로 넘겼다.

밖을 보니 새털구름의 어스름한 금빛물결이 아침 동녘을 살짝 수놓아가고… 태호는 다시 소파에 벌렁 누워서 때마침 흘러나오는 금관악기의 부드러운 선율에 맞추어 발가락으로 박자를 맞추어 보았다.

얼마나 지났을까… 잠시 잠이 들었던 것 같은데… 다시 깨어난 태호는 현관으로 가서 문을 열고 신문을 찾았으나 아직 배달이 되지 않은 모양이다. 사무실에 가면 2, 3개의 다른 신문을 볼 수 있지만 집에서 아침 신문을 안 보면 뭔가 서운한 느낌이 드는 건 어쩔 수 없다.

조기체조를 시작. 윗몸 일으키기 30번, push up 30분에 이어서 제자리 뛰기 300번을 점차 강도를 높여 헉헉거리는 속도까지 올려 나갔다가 서서히 제자리걸음으로 나아간다.

용변, 샤워 그리고 면도까지 하고 보니 7시 30분을 넘긴 것 같고, 태호는 그제서야 안방을 열고 들어가 열린 문으로 침실을 들여다보니 아내가 안 보인다.

새벽기도에 간 것 같은데, 곧 돌아올 시간이긴 하다. 아들 경수는 컴퓨터에 빠진 올빼미족인지라 제 방에서 자고 있을 터, 11시는 넘어서야 일어나곤 하니….

결혼 후 아침식사는 줄곧 빵으로 간단히 한 터라 태호 혼자서
도 쉽게 챙겨먹고 나갈 수 있다.

혼자 식사를 차려먹고 집을 나선 것은 아침 8시가 넘어서였다.
마누라가 여태까지 무슨 기도를 하고 있는 것인지? 혹시 바람이
났나? 화가 났지만 사무실 출근시간이 중요하다보니 어쩔 수가
없었다.

때는 한여름, 아침은 그래도 견딜 만하지만 오늘도 낮에는 찜
통이겠지… 아파트 마당에는 여러 종류의 차들이 빼곡히 주차되
어 있었고, 태호는 차 시동을 걸고 서서히 아파트를 빠져나갔다.

아파트 정문 앞 교차로 빨간 신호등이 좌회전을 막고 있는데
태호의 승용차 이외엔 기다리는 차가 보이지 않는다. '너무 이른
시간인가?' 태호는 승용차 계기판의 시계를 흘끗 확인해보니 8시
30분에 다가서고 있는데… 신호를 무시해도 될 것 같다.

망설이는 중에 신호등이 바뀌고, 좌회전 후 다시 우회전하여
서울로 가는 고속도로에 진입했다. 아침시간이면 중간 중간이 심
하게 러시아워이건만 달리는 차가 전혀 보이지 않는데 마주 오는
차도 없다. 한마디로 무아지경… 평생 처음 겪어보는 전세 낸 고

속도로? 이상하기도 하지만 너무 시원하다.

"어라? 오늘이 일요일 아침인가?

어제가 수요일… 그렇다면 오늘은 틀림없이 목요일인데… 혹시 3일간을 계속 잔 것은 아니겠지?"

태호의 마음에 이상한 불안과 궁금증이 일어나고….

아침에 와이프가 보이지 않았던 것이 이상하다.

"아침에 무엇을 하러 나가 이 걱정을 하게 만드는 거야, 저녁에 경을 쳐야지. 에이."

태호는 핸드폰을 꺼내 와이프의 번호를 호출하지만 계속되는 응답에도 받지를 않는다. 이번에는 아들 경수에게 호출하여 보지만 지속적인 유행가 멜로디만 들릴 뿐 응답이 없다. "전화를 안 받을 애가 아닌데?" 일반 전화기로 불러볼 생각으로, 빨리 사무실에 가고 싶어져 자동차의 속도를 올렸다.

야구 경기장을 끼고 돌아서 아파트 단지 교차로까지 나와도 여전히 출근하는 차들이 하나도 안 보인다.

아침 등교하는 학생이나 사무실로 출근하는 사람도 없는 모양이다. 거리는 한산하며 교통 정리하는 경찰도 보이지 않았다. 그러나 신호등에는 불이 들어와 있고 빨간 신호가 파란 신호로 정확히 바뀐다.

좀 다급하게 골목길로 접어들어 사무실 주차장으로 가니 몇몇 차들이 주차해 있었지만 평일만큼 많지는 않았다. 서둘러 계단을 올라 3층 사무실로 올라가보니 간호사가 아직 출근을 안 했는지 현관문이 잠겨있다. 문 앞에는 평소에 배달되는 신문을 볼 수가 없는데… 분명 집에도 신문이 배달되지 않았다. 사무실 문을 열고 들어서니 내부는 환기가 안 되어 여름날 무더위로 후덥지근하다. 실내등 스위치를 다 올리고 남쪽 창문을 활짝 열어본다. 라디오를 FM음악방송에 맞추어 켜보니 바하의 빠르고 지속적인 파이프 오르간의 높은 울림이 실내에 요란하게 울린다.

시계는 9시 5분. 부지런한 간호사가 늦는 일이 드문데….

일단 에어컨 스위치를 올리고 진료소 책상에 앉아 전화기를 들어 집에 다시 전화를 걸었다. 3-4분을 붙잡고 있어도 받는 사람이 없다. 10여 분이 흘렀는데 오늘따라 아침 환자도 없는지… 하기야 거리에 저렇게 사람이 없으니,

"다들 죽어 버렸나?"

혼자 농을 걸어본다.

30여 분이 흘러가자 답답해진 태호가 이 간호사와 정 기사에

게 핸드폰으로 연락을 취해보지만 아무리 귀에 대고 있어도 응답이 없다.

"그사이에 환자라도 오면 큰일인데….”

태호가 사거리로 뚫린 큰 창가로 다가가서 대로변을 내려다보니 움직이는 차가 없고 신호등 앞에서 기다리는 사람들도 전혀 보이질 않는다.

무언가… 이상한 일이 일어난 것이 틀림없다.

태호는 급히 진료실 책상에 앉아 112 경찰에 전화를 걸어 보았다. 수화기를 오래 붙들고 있었지만 받는 사람은 없다. 책상의 컴퓨터 화면을 전환해 보았는데 아무것도 뜨질 않는다. 재차 여러 차례 시도해보지만 고장이 났는지 전혀 먹혀들지 않는다. 음악방송을 AM방송으로 돌려보자 '지지직' 소리만 요란할 뿐… 뉴스를 들어보려고 여러 차례 맞춰 보았지만 방송을 잡을 수가 없다. 음악방송만은 잘 나오는데 희한한 일이다.

다시 책상에 앉아 집에 전화를 하고, 그것도 모자라 아내와 아들의 핸드폰에 귀가 따갑도록 걸어보았지만 여전히 응답이 없자 급격하게 불안한 마음이 엄습했다.

사당에 사는 시집간 딸에게도 전화를 걸어보았지만 역시 받질 않는다. 당장 달려가 보고 싶은 급박함을 느끼고 건물 밖으로 뛰어나온 태호는 200여 미터 떨어진 길 건너편 지구대 파출소로 달려가 보았다.

급한 걸음으로 지구대에 들어가 보니 경찰관은 아무도 보이지 않았다. 텅 빈 사무실 안쪽 벽에는 곤봉과 전기충격기를 단 벨트가 보이고 어떤 것은 무거운 권총까지 그대로 달려있다.

20여 분 조급한 마음을 달래며 기다려 보다가 지구대를 나오려던 태호는 대기 의자인 듯한 소파에 다시 주저앉았다.

무언가 머리가 핑 도는 느낌… 마치 아이를 잃어버린 부모의 당혹감과 다르지 않다. 집에는 식구가 없고 딸도 전화를 받지 않고, 지구대에는 근무하는 경찰이 보이지 않는다. 거리에는 어제까지 달리던 수많은 차들이 온데간데없다. 지나가는 단 한 사람의 행인조차 찾을 수 없는 상황이다.

두서너 시간 동안 너무 조용했다는 것을 몰랐다는 것이 새삼 희한하게 느껴지면서 머리가 혼란스럽다.

"이것이 꿈인가?"

태호는 자신의 볼을 꼬집어본다.

"어휴 상당히 얼얼한데."

다시 허벅지를 더 쎄게 "아야 꿈도 아니고 그렇다면 사람들은
다 어디에?"

죽었다면? 시체도 보이질 않는데….

얼마 전 본 헐리우드 영화에서 식물들이 반란을 일으켜 치명적
인 독가스를 내뿜고 바람에 태워 전 세계의 모든 인간을 말살시
키는 장면이 떠올랐다.

"혹시 이게 말로만 듣던 4차원의 세계로 순식간에 넘어온 것
인가?"

다시 진료실에 돌아가서 친구들에게 전화를 해 봐야겠다. 그리
고 동네 골목길도 확인해보자.

소파에서 일어서려다 벽에 아무런 보호 장치도 없이 걸려있는
경찰벨트와 권총이 눈에 들어왔다.

순간 떼어내서 가져가고 싶은 마음이 든다.

"호신용으로 매우 유용할 듯한데."

이런 상황에선 어떤 흉악한 놈이라도 갑자기 나타나 날 공격할
수도 있을 것 같다. 벨트를 잠시 유심히 관찰하였지만 그걸 건드
릴 용기가 나지 않았다.

발각이라도 되는 날에는 중벌이 아닌가.

"영창이겠지⋯."

진료실에 다시 돌아온 태호, 책상 앞에 앉는데 FM라디오에서 귀에 익은 노래, 팝페라 '캣츠'의 '메모리'가 무심하게 흘러나온다. "에이⋯ 차라리 '팬텀 오브 오페라'가 이 지경엔 어울릴 텐데⋯." 서랍에서 전화 메모노트를 꺼내 가까운 여러 친구들에게 통화를 시도해보지만 아무도 받는 사람이 없다. 태호의 불안은 점점 더 심해지면서 등에서 식은땀이 흐르고 머리가 둔탁해진다.

미국 시애틀에서 공부중인 막내딸에게 국제전화를 해본다. 신호는 가는데 응답이 없다.

"지금 미국이 몇 시더라?"

로스엔젤레스에 사는 닥터 오에게 그리고 뉴욕에 사는 닥터 한에게도 전화번호를 눌렀지만 받아주질 않는다.

"전화 시스템에는 문제가 없는 것인가?"

무슨 노래인지 FM음악방송은 줄기차게 귀에 울리는데 무서운 생각이 등골을 타고 내려오면서 공포가 몰려온다. 119도 전화응답이 없긴 마찬가지⋯.

방송사에 전화를 해보고 싶어도 번호를 모르겠다.

전화를 팽개치고 황급히 계단을 내려가 밖으로 뛰쳐나온 태호.

"그렇지"

태호는 머리를 크게 끄덕인 후 계단을 부리나케 달려 다시 3층 진료실로 올라가 책상 위의 전화로 자신의 휴대폰 번호를 눌러보았다. 곧바로 벨트에 찬 휴대폰에서 신호가 울리고… 반대로 자신의 사무실 전화번호를 호출해보니 정확히 벨이 울린다.

"고장 난 것은 아니로구나…."

태호는 건물 밖으로 나와 뒤편의 상가 골목을 훑어보기 시작했다. 김밥집, 닭집, 순두부집, 돈까스집, 떡집, 횟집, 설렁탕집 그리고 편의점, 선물가게, 약국 유리창 너머 내부가 훤히 보이건만 주인이나 종업원 손님은 없고 물건만 그대로 진열되어 있는데….

가게 문들을 열어보니 열린 곳도 있고 닫혀있는 곳도 있다. 여성 란제리 가게 쇼윈도에 섹시한 짧은 속옷을 걸친 마네킹에 눈이 마주치자 그 푸른 눈이 요괴처럼 오싹하게 다가온다.

사람들이 텅 빈 긴 상가들을 둘러보는 태호의 모습을 공중에서 내려다볼 수 있었다면 서부영화에서 보았던 영락없는 고스트타운을 걸어가는 사람이었을 것이다. 인적은 없고 바람소리와 흙먼지만 날리는 그곳….

상가와 인접해있는 주거지로 들어서니 골목 양쪽으로 다세대

주택과 다가구주택들이 빼곡한데 뛰노는 아이들이나 분주한 어른들의 모습은 찾을 길 없고 조용하기 그지없다. 한참을 이리저리 돌아다니다 보니 고등학교 동창인 인철이 살고 있는 다세대주택 앞에 도착해있다. 무의식 중 발길이 인도한 것이다.

'직장에 나갔을 수도 있을 터인데.'

아래층 주차장 공간을 확인해보니 몇 대의 승용차가 보인다. 그 사이에 그의 차로 보이는 검은색 소나타가 있는 걸 보니 아직 출근을 안 한 모양이다.

아래층 현관문을 흔들어 보았으나 굳게 닫혀있어 꿈쩍하지 않는다. 인철은 낚시광이라 가끔 여러 친구들을 불러 잡아온 생선회와 매운탕을 대접하며 즐거운 저녁 시간을 마련하는 친구. 벽이 두터워 집 안의 인기척은 알 길이 없다. 주위의 다른 집들도 조용하기만 한데… 기다려 보아도 골목길에 걸어오는 사람이 없다.

목구멍에 힘을 주어 "인철이" 하고 3층 창문을 향하여 불러 보았다. 잠시 후 다시 더 크게 불러본다. 그래도 인기척이 없다. 실망스런 태호는 발길을 돌리려다 다시 한 번 있는 힘을 다해 "불이야 불… 불이야…!" 하고 고함을 질러 보았다.

목을 쳐들고 자고 있는 어린아이도 눈을 번쩍 뜰 정도로… 이번엔 군대에서 했던 것처럼 "연대 차려! 열중 쉬어" 톤을 높여가며 몇 번 소리 질러 보았지만 창문을 열고 "누구야" 하며 내려다보는 사람은 없고 메아리만 긴 골목을 치고 나간다.

혹시나 했던 기대는 실망과 낙담으로 변했고 이 동네에 사람이 없다는 것을 확실하게 알게 된 태호는 밀려오는, 말로는 표현할 수 없는 괴리, 공포감, 고독, 혼란스러움으로 도망치듯 그 골목길을 빠져나왔다. 약간 큰 길로 나와 보니 주위 가게들도 적막하기 그지없다.

우울한 기분을 달래나 볼까… 하고 고개를 들어 오랜만에 위를 우러러보니 하늘은 청명하고 태양은 따갑게 사방을 환히 비추고 있다. "아….." 한숨이 저절로 나오는 태호. "사람도 안 보이는데 노래나 크게 한번 불러보자."

시도 때도 없이 즐겁게 노래를 부르며 사는 친구가 생각이 나는데 그는 사라질 사람 같지 않게 생각된다.

이태리 민요 '오 솔레 미오'. '오 맑은 햇빛 너 참 아름답다 폭풍우 지난 후 너 더욱 찬란해' 이태리 원어로 다시 한 번 소리 높여 부르고 나니 혼란스러운 정신이 잠시 사그라지는 듯하다. 큰 소리에 문을 열고 "웬 미친놈이야." 하며 쳐다보는 사람이 없는지 앞뒤를 살펴보아도 쥐 죽은 듯 아무런 반응이 없다.

5-6분 정도 내려오면 한 켠에 친숙한 성당… 태호는 저절로 발길이 그쪽으로 향한다. 신부님이나 수녀님을 꼭 만나 뵙고 어찌된 일인지 묻고 싶었다.

사무실과 대기실이 있는 1층을 자세히 둘러보았지만 아무도 없어 다시 발길을 2층 성당 안쪽으로 향했다. 불은 꺼져 있지만 길고 높은 유리창으로 빛이 들어와 사람을 찾아보는 것에는 무리가 없다. 어둑한 제대 위로 십자가에 매달린 예수 그리스도의 형상이 보인다.

"아… 하느님 이게 무슨 환상입니까? 세상이 어떻게 된 겁니까? 제게 무슨 벌을 주신 건가요?"

"예수님 전 세상에서 당신을 사랑한 사람이었는데요… 가끔 엉뚱한 일을 조금 저지르긴 했지만… 절 도와주세요. 도와주시겠지요."

태호는 뒷줄 의자에 앉아 고개를 숙이고 잠시 눈을 감았다. 높은 천장의 성당 내부는 상당히 시원했다.

주기도문을 한번 외워 보았다. 조금 안도되는 느낌이 들었다. 한참 지나 눈을 뜬 태호의 입에서 슈베르트의 '아베마리아'가 흘러나오고 아무도 듣는 이가 없으니 자신감을 갖고 점차 목소리를 높여 나간다. 넓은 공간에 공명이 잘 되어 태호는 마치 가수나 성인이 된 느낌.

"성모 마리아님, 예수님이 틀림없이 날 도와주실 거야."

태호의 눈 밑으로 살며시 눈물이 흐른다.

성당을 서서히 빠져나온 태호는 약간의 허기를 느끼고 바로 앞 편의점으로 들어갔다. 진열대 속에서 맛있게 보이는 빵 두 개와 캔 커피 하나, 작은 우유 팩 하나를 꺼내어서 계산대를 등받이로 하고 서서 요기를 때우며 밖을 살펴본다. 평소라면 사람들이 상당히 붐비는 곳인데….

계산하는 아가씨는 온데간데없지만 진열대엔 시원한 냉기가 흐르고 식품들은 잘 보관되어 있다. 전기 공급에는 이상이 없다는 뜻이다.

삼성동 사거리에 서 있는 한국전력 본부 건물에 가서 이유를 확인해 보고 그 다음에는 큰딸이 사는 사당동 아파트를 찾아보기로 마음을 정한 태호는 병원 주차장으로 발길을 돌리고 승용차에 시동을 건 후 에어컨을 틀었다.

"아 덥다… 비라도 내려 준다면 조금 시원해질 날씨인데."

차는 대로로 빠져나와 유턴을 하여 삼성역 쪽으로 향했다. 8차선 테헤란 대로에도 달리는 차가 없다.

대통령이 탄 차라도 이러진 않을 것이다. 약간 태호는 호강하는 느낌도 드는데.

"이렇게 조용한 날이 3-4일만이라도 지속된다면 좋으련만… 아니지 말도 안 되는 소리야. 난 어떻게 살라고."

삼성역에서 우회전하면 곧바로 한전 본부건물이 나온다. '이곳에는 근무하는 사람이 있을지 모르지. 그렇지 않고서야 어떻게 전기가 계속 공급될 수 있단 말인가?'

주차장에 차를 세우고 건물의 현관으로 들어서려 했지만 넓고 단단한 유리문은 굳게 닫혀있었다. 밀어도 보고 두드려 보아도 아무런 인기척이 없다. 큰 빌딩은 적막하기 그지없는데….

왜 전기는 시내에 잘 공급되고 있는지 태호는 매우 궁금하다. 직원은 없지만 대형 컴퓨터가 작동하고 있는 듯 건물 내부에서 뭔가 돌아가는 듯한 웅웅거리는 소리가 들리는 것 같다. 신음소리 같기도 하고… 불현듯 태호는 움칠하며 으스스한 기분이 들어 공포영화의 한 장면이 떠올랐다.

현관문에서 물러나 주위를 다시 살펴본다. 주차장 같은 넓은 앞마당에는 주인을 잃은 듯한 몇 대의 자동차만이 쓸쓸히 서 있다. 주위를 서성이며 30여 분 기다려 보았지만 어떠한 사람도 만날 수 없었고 건물 내부로 들어갈 수 없었다.

대낮의 무더위로 더 이상 기다려 볼 수도 없었으며 또한 적막한 이곳에서 지체하며 이유를 알아보고 싶지도 않았다. 한전에서 멀지 않은 곳에 위치한 한 종합병원으로 차를 돌렸다.

병원 현관에 차를 세우고 보니 다행히 이곳 현관문은 활짝 열려있다. 1층 로비는 역시 텅 빈 상태여서 엘리베이터를 타고 위로 올라가보았다.

맨 위층인 6층에 내려 복도와 병실을 훑어보기 시작하는 태호. 간호사가 근무하는 데스크엔 아무도 보이지 않으나 방금 전까지 사람이 있었던 듯 모든 물품이 잘 정돈되어 있고 먹다 남은 커피 잔이 보였다.

"여보세요, 여보세요. 간호사 분 안 계세요?"

병실에는 침대마다 텅 비어있는데 안 보이던 환자가 벌떡 일어날 듯한 착각을 일으키며 백색 공포가 다가온다. 태호는 갑자기 오싹함을 느꼈다.

중앙에서 좌우로 길게 뻗은 복도. 평소라면 허약한 환자들과 수심에 찬 보호자들이 서성이는 곳이다. 그런데 지금은 텅 비어 있을 뿐이다. 그 끝에 비상구라고 적힌 녹색 불이 조용하고 음침하게 보이고 태호는 황급히 중앙 비상계단을 통해 아래층으로 내려갔다. 순식간에 병원 앞마당으로 뛰쳐나온 태호는 공허한 병원 건물을 올려다보며 다시 한 번 의구심에 빠진다. 한 사람도 없다. 오직 나밖에는 없다.

'다 어찌된 일인가? 다 죽었나? 사라졌나? 서울이 유령의 도시가 되었나?'

태호는 곧바로 자동차의 시동을 걸고 테헤란 대로로 방향을 잡았다. 다시 한 번 방송을 들어보려고 스위치를 누르자 전 채널에서 "지지지…"

소리만 요란한데 태호가 즐겨 듣는 FM음악방송만은 멀쩡하게 잘 나온다. 그러나 이해하기 힘든 매우 어지러운 불협화음의 현대음악이 때맞추어 나오는데….

사당역으로 방향을 잡은 태호는 10차선 대로를 관통하기도 하고 60킬로미터의 속도제한을 무시하고 100킬로미터의 속도로 거침없이 도심을 달려 나갔다. 신호등을 무시한 채 달리며 가끔 무자비할 정도로 요란하게 경적을 울려보았다. "제발 교통경찰이라도 나타나 줘!" 좌우 수많은 빌딩들은 말을 잃은 거인처럼 묵묵부답인 채로 서 있다. 마주 오는 단 한 대의 차도 없고 걸어가는 사람도 여전히 보이지 않는다. 따가운 대낮의 강렬한 햇빛만이 빌딩의 유리창에 부딪혀 번쩍이며 눈부시게 만드는데, 실망과 분노가 그리고 명료한 서운함이 명치에서 뻐근하게 치밀어 오른다.

자동차 경적을 화가 난 듯이 부서져라 계속 눌러보았다. 그러나 거리와 빌딩에서는 아무런 반응이 없다. 빌딩들은 오직 커다란 침묵의 덩어리일 뿐… 매일 분주하던 강남은 고요하고 깊은 바닷속 같고, 달려가는 태호의 차는 그 바닷속 한 마리의 작은 물고기, 파닥거리는 작은 물고기인 듯 움직인다.

강남역에서 좌회전하여 양재역에서 다시 우회전. 서울의 남부순환도로로 향하여 예술의 전당을 지나 사당역을 앞에 두고 내리막길이 보인다. 태호의 머릿속에는 큰딸과 손주녀석의 얼굴로 가득 차 있다. 이제 만 세 살, 매우 활동적이어서 힘찬 목소리와 지칠 줄 모르는 재잘거림, 그래서 별명이 '만담가'와 '뽀로로'인데… 눈에 넣어도 아프지 않는 녀석.

"어디에 내놓아도 자랑스런 녀석, 나와는 좀 다른 손주." 생각만 해도 절로 미소가 난다. 약간 기분이 좋아지면서 희망과 기쁨이 충만 되어왔다.

딸의 아파트에 도착한 태호는 부리나케 현관에 뛰어들어 엘리베이터 앞으로 향한다. 수위실에는 역시 아무도 없는 모양이다. 버튼을 누르자 엘리베이터 문이 곧바로 열리는데… 안으로 들어가려다 잠시 멈칫. 태호는 순간적으로 다시 물러섰다. 불현듯 "혹시나 올라가다가 전기공급이 끊긴다든지, 어떤 고장이 난다면 꼼짝없이 저 통 속에 갇히고 말 것이다. 구하러 올 사람도 없으니 영원히 그 속에 갇혀 버리겠지." 생각이 들었다.

계단으로 올라가고 싶은데 20층은 만만한 높이가 아니다. 잠시 망설이던 태호는 시험운행을 해보기로 하고 20층을 누른 후 엘리베이터 밖으로 나와 전광판으로 20층을 확인. 다시 엘리베이터에서 내린 후 한 번 더 시험해 본다. 이번에는 10층까지. 잘 올라가고 내려온다. 태호는 용기를 내어 약간 조마조마한 마음으로 엘리베이터를 타고 20층까지 올라간다. 집에서 나올 때는 생각하지도 않은 걱정이었다.

큰딸 집 현관문은 아무리 초인종을 누르고 두드려 보아도 굳게 닫혀 있는데 "소영아… 소영아…!" 크게 불러보았고 나중에는 구둣발로 사정없이 현관문을 내리쳐 보았지만 인기척이 없다.

마주하고 있는 집의 현관도 두드려보고 쳐보았지만 문을 열고 나오는 사람이 없다.

"이 정도의 소란이라면 아래층이나 위층에서 반응이 있을 법한데…."

실망에 빠진 태호는 계단에 털썩 걸터앉아 핸드폰을 꺼내어 딸에게 전화를 걸어보지만 여러 번의 시도에도 딸은 받지 않는다. 사위에게도 전화를 걸었지만 응답이 없다. 복도 창밖으로 내려다보이는 아파트 건물 밑에는 정적만이 감돌 뿐 뛰어다니는 아이들이나 걸어가는 주부들을 볼 수가 없었다. 태호는 맥이 쭉 빠져 계단에 몸을 뉘듯이 등을 붙인다. 피곤이 엄습하면서 졸려온다.

"아… 아….."

태호의 입에서는 비통한 신음소리가 흘러나왔다.

'집 안에서 혹시 가스중독으로 온 가족이 쓰러져 있지나 않은지?'

119에 전화를 걸어도 소용이 없다.

'평소에 현관문의 비밀번호라도 알아 두었더라면 이 고생은 안 했을 텐데….'

딸도 걱정이지만 우리 가족의 강아지이며 병아리인 귀여운 손자 태한이가 제일 걱정이 된다. 어느 친구는 자기 손자 눈이 크다고 자랑하고 다니지만 작은 눈으로 볼 것은 다 보는 손자 태한이.

복도 창문을 열어놓았지만 한여름이라 태호는 상의를 벗어 버리고 얇은 셔츠 바람으로 2시간여를 기다려 보았다. 그리고 틈틈이 가족들에게 다시 전화를 걸어 확인. 손목시계를 보니 오후 4시에 다가가고, 계단에 아무리 앉아 기다려 보아도 소용이 없는 것 같았다. 마지막으로 현관문을 구둣발로 서너 번 힘껏 쳐보고 힘이 쭉 빠진 태호는 연인과 영원히 헤어지는 기분으로 엘리베이터를 타고 내려갔다.

태호는 초고층 아파트 빌딩에 둘러싸인 작은 정원 벤치에 잠시 앉아 딸이 사는 20층을 유심히 한참 동안 쳐다보았다. 베란다 창밖으로 누군가 불쑥 나와 줄 것 같기도 한데. 멍하니 혼자 있다 보니 갑자기 담배 한 대가 생각난다. 깊고 길게 들여마셔본다. 말로 표현할 수 없는 니코틴의 맛.

최대한 천천히 피우면서 이 아파트의 인기척을 감지하려 했지만 헛수고인 듯하다. 무겁고 착잡한 마음으로 자동차의 시동을 걸고 내일 다시 한 번 오기로 마음을 정한 후 정문을 서서히 빠져나간다.

태호는 너무 피곤하여 직장으로 되돌아갈 마음을 접고 집으로 향하였다. 사당 사거리에서 남태령을 넘어 과천을 통과하여 외곽 순환도로로 진입하기로 했다. '과천이라면 정부종합청사가 있으니 거기 들러보면 사태를 정확히 알게 되지 않을까?' 과천 시내의 중앙 10차선 도로도 역시 텅 비어있다. 태호는 종합청사로 방향을 틀어 청사 광장에 차를 세웠다. 자주 시위대가 모이는 곳인데 오늘은 오후의 따갑고 밝은 햇빛만이 운동장을 메우고 온 주위가 산속처럼 조용하기만 하다.

난생 처음으로 청사 계단을 올라 커다란 현관으로 가 본다. 다행히 문은 활짝 열려 있는데… 넓은 청사 내부인지라 어디부터 들어가 봐야 할지 망설여졌다. 일 층을 이리저리 배회하는 태호. 대부분이 커다란 사무실인데 사무책상과 그 위에 놓인 책, 서류, 컴퓨터기기들. 긴 복도에는 세련된 큰 그림의 액자가 잘 장식되어 있다. '유명화가들로부터 기증받은 것인가?' 2층 3층으로 올라가 보지만 너무 큰 건물이라 일일이 다 확인해 볼 수는 없고 대충 훑어볼 수밖에… 복도와 사무실 내부는 실내 조명이 환하다. 병원에서 느꼈던 오싹함은 들지 않았다.

5층에 오르니 장관실이라는 팻말이 눈에 띄고, 호기심에 묵직

한 문을 열고 들어서 보니 비서실인 듯한 전실이 있고 열린 문 하나를 더 통과하니 넓은 장관실이 보인다. 웅장한 책상 위에는 멋지게 난 화분이 양쪽에 자리하고 고급스런 회전 가죽 의자가 놓여있다. 책상 앞에 있는 손님 접대용 가죽 소파에 태호는 벌렁 앉아 피곤한 다리를 탁자 위에 올리고 무거운 머리를 뒤로 젖힌다. 단정한 여비서로부터 커피 한 잔의 서비스를 연상하며 담배를 꺼내 들었다. 한 모금씩 뿜어내며 주위를 살피니 장관의 호통이 벽을 때리며 들리는 듯한데….

"김 국장 무슨 일을 그리 하시오! 좀 반대가 있다고 왜 그리 심약해!"

"대통령의 뜻을 새기고 관철해야 합니다. 그것이 진정한 애국입니다."

무슨 생각이 나서인지 태호는 장관님의 회전의자로 몸을 옮긴 후 맛있게 흡연을 즐기며 심심한 듯 책상서랍을 하나씩 열어보았다. 서류 사이에 쓰다 남은 만 원이라도 나타날 듯한 느낌이었다.

'값나가는 물건은 없는지?' 몇 개의 고급 볼펜 이외에는 쓸 만한 것이 없었다. 자신도 모르는 사이에 어린 시절의 도벽 같은 것이 슬슬 일어나는데, 갑자기 수위라도 들이닥친다면 변명이 통하지 않을 듯하여 의자에서 벌떡 일어나 황급히 장관실을 도망치듯 빠져나왔다.

집에도 길거리에도 동네에서도 성당에서도 병원과 정부청사에서도 인적을 찾을 길이 없다.

태호는 한나절을 헤매었지만 한 사람도 만날 수 없었다. 천지는 그야말로 조용하고 한가롭기까지 한데… 마음은 더욱 무거워지고 바위 같은 적막감이 엄습해왔다. '내가 무슨 착시현상에 빠진 것 같은데…' 멍한 머리를 흔들어 보았다.

'이건 분명 꿈이야. 아니면 아아….'

태호는 더 이상 돌아다닐 기력이 없다.

서울 외곽에 위치한 집으로 향하며 주변을 살피어 큰 길로 나섰다. 고속도로에 진입하였지만 여전히 자동차의 흔적은 없다. 산 너머 아파트로 가득 찬 도시들은 말이 없고 하늘의 구름도 무심할 뿐….

서쪽하늘에는 수증기를 가득 머금은 뭉게구름이 피어오르는데 그 틈새로 햇살들이 찬란하게 화살처럼 뚫고 나온다. 마치 신의 강림 같은 모양에 태호의 입에선 저절로 "오… 하느님…"

"이게 말로만 듣던 혹시 말세…? 오직 저만 살려두신 건가요?

아니면 저만 두고 모두 떠나간 겁니까?"

혼란과 혼돈이 가중되면서 어떻게 왔는지도 모르는 상태로 집 가까이 도착하였다.

아파트 단지 내에는 많은 차들이 주인을 잃어버린 듯 빼곡히 서 있다. 태호는 단지 입구에 차를 세우고 상가건물 지하에 있는 슈퍼로 내려가 보았다. 넓은 슈퍼는 어느 때와 마찬가지로 밝고 환한 조명아래 그대로의 모습인데, 종업원이나 사람은 없어도 모든 식품이 깨끗하고 시원하게 진열되어 있다.

"오 마이 갓" 태호는 안도의 마음으로 입맛이 당기는 몇 종류를 고르다가 '혹시 나처럼 방황하는 무리가 있다면? 생필품 쟁탈전이 벌어지겠지….'

계산대에서 제일 큰 봉투 2개를 집어 그 속에 꽉꽉 채워 넣었다.

태호 자신의 아파트 앞. 항상 먼저 인사하고 부지런했던 친근한 수위 아저씨는 찾아볼 수 없고 주차장에는 오늘 출근한 사람이 없었던 듯 자가용들이 틈새 없이 빼곡하게 서 있다.

태호는 엘리베이터를 타는 대신 계단으로 올라가 보기로 작정하고 15층까지 두 개의 큰 봉투를 들고 올라가기에는 너무 힘든 것 같아 물건은 1층 엘리베이터 앞에 놔두고 천천히 계단을 올라가며 모든 집 문을 두드려 보고 초인종을 3-4번 눌러 보았다. 아무런 인기척이 없자, 예상은 했었지만, 서운한 기분이 명치부터 목구멍까지 꽉 차오른다. 계단은 한마디로 정적 그 이상. 오싹함이 또다시 엄습한다.

15층까지 올라온 태호는 자기 바로 옆집 초인종도 수차례 길게 울려본 후 온 복도가 다 울리도록 발길질로 철문을 차 보았다.

'이 아파트의 사람들은 다 어디로 가버린 것인가?'

서글픈 마음에 하루 내내 긴장감으로 버티던 힘도 바닥으로 내려앉는다.

1층에 서 있는 엘리베이터를 올린 후 조심스레 다시 아래로 타고 내려갔다.

'어느 순간 기계작동이 멈춰버린다면 나는 여기서 생매장인데… 아무도 달려올 사람이 없으니….'

조마조마한 마음으로 식품봉투를 안고 다시 15층으로 향하는 태호. 현관 비밀번호를 누르고 집 안으로 들어섰다.

"여보! 경수야!" 불러 보아도 대답하는 사람은 없고… 방마다 그리고 베란다까지 세세히 확인해 보았지만 아무도 없다. 오후 5시 밖은 아직도 환한데 집안에 적막감이 가득하다. 피곤함이 일시에 몰려오고 태호는 평소의 습관대로 FM스위치를 올리고 거실 긴 소파에 누워 버렸다. 국악방송 시간인 모양. 가야금 독주가 공기 속에서 튕기듯 혼자 노는데… 긴 한숨을 장단에 맞추며 태호는 깜빡 잠 속에 떨어져 버렸다.

제2장

왕이 되었다
King

새벽이 밝아온다. 어젯밤 지쳐 계속 자버린 모양이다. 중간에 다시 깬 것 같았는데…. '물을 마시고 무얼 좀 꺼내 먹고는 다시 쓰러져 버린 것이다.'라고 기억하는 태호.

그의 기억 속에서 밤중에 상당수의 주위 아파트건물 전등불이 켜져 있었다.

오늘도 날씨는 화창하고 대낮에는 또 무더울 듯하다. 안방과 다른 방들을 다시 한 번 확인해 보았지만 아내와 아들은 여전히 돌아오지 않았다.

물을 한 컵 마시며 오늘은 무엇을 해야 할 것인지 생각해본다. FM을 켜는 대신 뉴스를 볼 수 있을까 하고 TV를 켜본다. 예상한 대로 어제처럼 전 채널이 먹통이다.

"아 이거 큰일 났구나."

집 안이 너무 조용하고 마음이 착잡하여 음악이라도 들어야겠다는 생각에 라디오 스위치를 올리자 FM 클래식 방송에서 베토벤의 에그몬트 서곡이 장엄하게 울려 퍼진다.

"역시 베토벤 아저씨는 최고."

잠시나마 적막한 집 안에 위안을 준다. 연이어 흘러나오는 음악들이 그지없이 부드럽고 곱다. 약간의 위안과 엔도르핀을 얻은 태호는 시간이 어서 지나길 바라며 오늘 다시 한 번 확인해야 할 일들을 계획했다. 좀 허기진 배를 채우기 위해 냉장고 안에서 식빵과 우유, 과일, 채소 등을 꺼내어 아침식사를 준비했다. 오늘 돌아다니고 확인하여야 할 일들이 많을 것 같은데 그러기 위해서는 충분한 에너지가 필요하였다. 달궈진 팬에 달걀 두 개를 깨뜨려 올리고 전기 히터를 켰다. 현관문을 열어보았지만 오늘도 신문은 안 보이고 옆집 신문도 없다. 평소 가까운 사이인 옆집인지라 문을 몇 번 두드려 보았지만 역시 인기척이 없다. 천천히 식사를 하면서 마누라 없이도 멋지게 차려 먹을 수 있는 양식 식사에 스스로 대견스러웠다.

"그래. 난 며칠, 몇 주는 잘할 수 있지."

후식으로 커피 한 잔을 조금씩 마시며 오늘 확인해야 할 일들을 다시 한 번 생각해보았다. 커피 맛이 일품이라 병뚜껑을 다시 열어보았다. 그윽하고 고소한 향기가 난다. 차 한 잔을 곁들이니 조용한 클래식 음악이 대뇌 피질 깊은 속까지 도달하고 상큼한 향기는 콧속 끝까지 스며들었다.

무언가 어제와는 좀 다른 약간의 여유 같은 것이 느껴지는데… 아침이 더욱 환해지면서 태호는 전화기 앞에 가서 다시 한 번 확인 전화를 시도했다. 먼저 사당동의 큰딸과 미국 시애틀의 작은 딸에게 걸어보지만 어제처럼 신호소리만 들린다. 다시 가까운 동창친구들 그리고 친척 등 20여 군데를 눌러 보았지만 벨소리만 요란할 뿐 받아주는 사람은 없다. 태호는 다시 한 번 멀리 고향에 사는 고향친구들에게 또 광주, 부산에 사는 친구들에게도, 그리고 속초에 살고 있는 아저씨에게, 마지막으로 미국 뉴욕에 사는 처제와 대학 동창 친구에게도 연락을 해 보았다. 통신망에 문제가 있는 것인지 아니면 세계의 모든 사람들이 어디로 갑자기 잠적해 버렸는지 어제와 마찬가지로 전화를 받는 사람이 없다. 태호는 어릴 때 자주 하던 숨바꼭질하는 기분이 들었다.

태호는 집을 나서 가까운 곳에 위치한 경찰서로 가보기로 하였다. 차를 몰고 경찰서 넓은 마당에 도착해보니 예상했던 대로 정문에 서 있는 보초도 평소에 들락거리는 시민들도 볼 수가 없다.

2년 전 운전면허 갱신 때 와보고는 처음인데 현관을 들어서 1층 내부를 여기저기 살펴 본 후 2층, 3층으로 올라가 보았지만 아무 곳에서도 태호의 사건을 접수해 줄 직원은 없었다.

경찰청장실도 눈에 띄고 출입통제구역이라는 문구가 걸린 단단해 보이는 문이 보여 호기심에 조심스레 다가가 주위를 몇 번

살핀 후 가만히 소리가 나지 않게 열어 보았다. 의외로 쉽게 열리는데 자물쇠 장치를 잠그지 않은 모양이었다. 어느 정도 예상한대로 그곳은 총기실인데 군대에서 보았던 M-16과 권총들이 빼곡하고 벨트, 탄창, 총알박스가 가득하였다.

평소 서부영화를 좋아하였고 군대 생활에서도 사격만은 자신 있었던 태호였기에 총기 몇 자루를 소지하고 싶어졌다. 사람들이 다 사라져 버린 현실.

"그렇다면 만일에 대비해 총과 총알이 필요할 듯한데…."

맹수나 나쁜 깡패를 만난다면 좋은 호신용이 될 듯하다. 그리고 설혹 발각된다 하더라도 그간의 경위를 설명하면 해명이 될 일 아닌가. 우선 작게 보이는 6연발 권총 한 자루와 실탄 한 박스를 골라 살며시 밖으로 나왔다.

차에 다시 올라탄 태호는 잠시 망설인 후 시내를 한 바퀴 둘러보기로 하고 큰길과 작은 길들을 1시간여 돌아다녔다. 평소라면 혼잡하여 한 시간은 걸렸겠지만 뻥 뚫린 길이라 그야말로 무풍지대이다. 자동차의 연료가 걱정된다. 주유소를 찾았다.

종업원이 안 보이는 주유소. 예전에 몇 번 셀프 주유한 경험이 있기에 도움이 되었다. 승용차의 주유구를 열고 주유기를 집어

넣고 몇 번 조작을 하다보니 가솔린이 시원하게 콸콸 들어가는 소리에 신기도 하려니와 안도의 한숨이 나온다.

"그래. 전기, 수돗물, 휘발유. 이 기본에 무얼 더 바라겠는가."

공짜로 10만 원어치를 채우고 태호는 유유히 주유소를 빠져 나갔다. 이제 곧장 서울 강북으로 올라가 봐야겠다.

톨게이트를 지나 고속도로를 타고 일사천리로 서울 제3한강교 까지 나아간 후 남산 터널을 빠져나와 을지로 청계천 종로로. 강 북도 사람과 차량들은 전혀 보이지 않고 거대한 높은 빌딩들만 이 말없는 거인들처럼 침묵 속에 서 있다.

방향을 틀어 세종로로 이순신 장군 동상이 고독하게 서 있고 경복궁을 지나 삼청동 그리고 청와대 앞으로까지 갔다. 청와대 의 육중한 정문은 굳게 닫혀 있는데 경비하는 경관이나 군인은 볼 수 없다. 멀리, 뉴스에서 낯이 익었던, 푸른 기와지붕을 인 청 와대 본관 건물이 초록빛 노송들 사이로 아름답게 비쳐온다. 차 를 세우고 한동안 쳐다보던 태호는 용기를 내어 큰 소리로 외쳐 본다.

"최 대통령님… 최 대통령님…!"

서너 번 더 크게 불러 보았지만 아무런 인기척이 없다. 담을 넘어 들어가고 싶은 생각이 나지만 보이지 않는 전자 방어 장치가 있을 것 같고 사나운 맹견이 사정없이 달려들지도 모를 일이다. 태호는 1시간여를 청와대 담장 앞에서 서성거리다 결국 발길을 돌리기로 마음먹었다.

고개를 들어 북쪽을 쳐다보니 삼팔선 넘어 북한 상황은 어떤지 궁금해진다. 근년 들어 남북관계가 악화되어 한 달 전 백령도에 수십 발의 대포를 쏘아 양쪽 간의 긴장감은 최고조에 이르렀다. 또 한 번 비슷한 사태가 난다면 전면전도 가능하다고 했다. 태호는 두려움에 더 이상 북쪽으로 가는 것을 포기하는데….

'북한도 틀림없이 모든 것이 공백상태일 꺼야. 안 그렇다면 지금쯤 탱크의 진군소리와 제트 전투기의 요란한 굉음이 이곳을 덮치고 있겠지.'

차를 돌려 다시 세종로로 빠져나와 천천히 명동 쪽으로 향했다. 평소라면 차들과 인파로 북적일 거리를 이리저리 돌다가 유명한 백화점 앞에 차를 세웠다. 교통경찰이 없으니 눈치 볼 것 없어 참 편리하다. 화려한 이중 현관문을 열고 들어가니 넓은 일 층의 화장품 코너에서 샤넬 향기가 벌써 코를 찌르고 투명한 유리 장식장 안에는 값비싼 명품들이 가득하다. 외제 시계 코너가 눈에 띄는데, 그중에도 롤렉스, 오스카 매장이 보인다. 잡지광고에서 보았던 최신형 모델 두 개를 꺼내 든다. 하나는 태호 것, 또 하나는 마누라 것. 꽤 오래된 구닥다리 손목시계를 버리고 멋진 최신형 고급시계를 차니 기분 전환이 된다. 도벽인지? 아니면 내 마음대로인지? 구분이 잘 안 되지만.

"혹시라도 나중에 문제가 된다면 돌려주면 될 일 아닌가?"

2층 3층으로 올라가 보니 화려하고 멋들어진 여성복과 남성복이 꽉 차 있다. 그러나 지금 누구 보여줄 사람도 없는데 '멋진 옷을 걸친들 무슨 소용인가?' 별 구미가 당기지 않았다. 4층 5층에는 스포츠웨어와 전자제품으로 가득 차 있는데 이리저리 구경하며 돌다가 골프 매장에서 마음에 드는 드라이버 하나를 골라잡았다.

그런 다음 에스컬레이터를 타고 지하 식품매장으로 향하는 태호. '이런 상황에서 제일 급한 것은 먹거리가 아니겠어?'

맛있고 신선한 과일과 외국제 캔 종류를 중점적으로 2개의 플라스틱 바구니에 가득 쓸어 담고 힘들게 백화점 밖으로 나왔다. 밖은 이제 너무 덥다.

'이렇게 나 혼자 내 마음대로 공짜 쇼핑을 하니 혼자 남은 일이

때로는 신이 나는구나. 그러나 만일 서울 시내에 10명 아니 100명의 나 같은 사람들이 남아 있다면? 법도 없는데 탐욕스럽고 사나운 인간들로 변신하여 대소동과 살생이 일어날지도 모르겠지….' 등골이 서늘해진다. 태호의 눈길은 저절로 자신의 자가용 그로브 박스 속에 숨긴 경찰서에서 가져온 권총에 눈길이 간다.

남산 터널로 빠져서 반포대교를 건너 가장 걱정이 되는 큰딸이 사는 아파트로 다시 찾아가본다. 대단지 아파트는 어제와 마찬가지로 움직이는 사람이나 물체가 없고 정적에 싸여 있다. 20층 엘리베이터를 타려고 하니 어제와 마찬가지로 좀 무서움이 인다.

'중간에서 정지하는 날이면, 끝장인데….' 그래도 이 무더운 날에 20층까지 걸어서 올라간다는 것은 무리여서 태호는 승강기에 몸을 맡겼다.

20층 2001호 현관문은 굳게 잠겨있고 두드려도 응답하는 사람이 없다. 딸, 사위 그리고 사랑스런 외손자는 어디서 무엇을 하고 있는 것인가? 계단에 그대로 앉아 멍한 사람이 되어 '그래도 며칠 후엔 돌아오겠지.'라는 희망을 갖고 봉지에 조금 넣어온 빵과 과일, 주스로 점심을 가볍게 때우며 이런 저런 생각에 빠져든다.

'괴이한 일이다. 내가 혹시 사이버 가상세계에 빠진 것인가? 꿈은 아니고 이렇게 꼬집으면 아프지 않은가? 그래. 곧 원인을 알게 되겠지!'

아파트 아래층으로 내려온 태호는 등나무 밑 벤치에 앉아 둘러싸인 높은 건물들을 뒷목이 굳도록 관찰하다가 입에서 슬픈 노래가 흘러 나온다.

"옛날에 금잔디 동산에 매기 같이 앉아서 놀던 곳."

점점 아랫배에 힘을 주며 모든 사람들이 듣도록 목청이 터져라 불러본다. 아무리 노래를 불러보아도 모든 것은 허공으로 사라져갈 뿐… 결국 목구멍이 꽉 메어버렸다. 울적하고 쓸쓸한 마음으로 사당을 떠난 태호는 진료실이 있는 남동구로 가보기로 했다. 길은 막힐 일이 없으니 서둘러 빨리 간들 무슨 소용이랴.

스피드 광이라면 그에겐 절호의 찬스겠지만.

강남 10차선 대로는 어제와 마찬가지로 고요하다. 그러나 꼭 무엇이 터지기 직전의 정적인 것만 같다. 클리닉 건물에 도착한 후 주차장에 차를 세우고 3층 진료실로 올라갔다. 창문을 다 열고 환기를 좀 시킨 다음 에어컨을 틀었다. 점점 시원해진다. 책상 앞에 앉아 무엇을 해야 할지 잠시 생각해보았고 다시 한 번 더 많은 친척과 친구들에게 확인 전화를 걸어보았지만 헛수고일 뿐이었다.

"아차"

태호는 얼마 전에 날아온 국세청 공문을 꺼내 담당자 전화번호로 다이얼을 눌러 보았다. 전화벨 소리는 분명히 울리는데 받는 사람이 없다. 아무 응답이 없자 속이 오랜만에 아주 후련해진다. 큰 잘못이 없어도 조사를 받는다면 얼마나 스트레스인가.

'털어서 먼지 안 나는 사람이 있나?'

국세청이 문을 닫은 것은 불행 중 다행이다.

"오늘밤은 다리 좀 뻗고 자겠구나."

온몸이 나른해지며 졸음이 몰려온다.

"그래 좀 자자."

환자 진찰대 위에 누워 낮잠을 청한다.

"잠 깨고 나면 제정신이 들지도 모르겠지."

태호에게 그리 늦게 흐르던 시간도 이제 십여 일이 흘렀다. 달력에 점을 찍어 두지 않으면 얼마 후엔 오늘이 몇 월 며칠인지도 모를 일이다. '이런 식이라면 언제쯤 시계의 전지 수명이 다하는 날… 그때부터는 정확한 시간도 알 수 없으리라.'

'하기야 혼자 사는 세상에 몇 시, 몇 월, 몇 년은 무슨 의미가 있겠는가?'라는 생각을 하는 태호였다.

그동안 서울과 경기도를 확인한 태호는 지방으로 가보기로 작정하였다. 돌아다니다가 잠도 잘 수 있는 카니발 9인승을 자동차 매장에서 빼내어 왔다. 대형 외제차도 좋아 보였으나 휘발유 소모가 많아 중간에 기름이라도 소진되는 날에는 난감할 듯하여….

슈퍼 앞에 차를 세우고 비상식량으로 햇반, 라면, 생수, 휴대용 가스레인지, 그리고 과일과 생선, 고기 통조림을 차에 실었고, 경찰서에서 가져왔던 호신용 권총도 잘 챙겼다. 마지막으로 플라스틱 통 4개를 가지고 인근 주유소에 들려서 비상용 연료를 채웠다. 아무도 전송해주지 않는 정든 길을 떠나려니 쓸쓸하기 그지없고 울적한 마음이 엄습해왔다. 태호는 그동안 의식주에는 별 불편이 없었음에 안도하며 운전대를 잡았다.

넓은 고속도로로 나오니 텅 빈 넓은 비행장 활주로를 치고 달리는 양상이다.

"아 이런 때 옆자리에 근사한 아가씨가 앉아 있다면 얼마나 좋을까?"

"플레이보이가 못 되는 나에게는 이룰 수 없는 소망이겠지만 말이야. 전국을 한 바퀴 돌다 보면 멋진 여자 한 명쯤은 꼭 만날 수 있을 것 같은데…."

'만약 깡패나 폭력범을 만난다면 어떻게 하지? 여자든 남자든 말 안 통하면 권총으로 해결해야지.'

살고 즐기기 위해서는 깊이 숨어있던 악마의 근성이 발동하는 것인가? 순간 태호는 자신의 생각에 움찔했다.

그가 홀로 남기 전까지는 세상을 실질적으로 다스린 건 금력이었지만 지금은 사정이 완전히 달라졌다. 당장 은행에 가면 오 만원권 지폐를 가방에 가득 채울 수 있지만 아무 쓸모가 없는 종이 뭉치에 불과할 뿐이다. 주는 사람도 받아 줄 사람도 없으니 태호에게 무슨 소용이 있겠는가….

"아무도 없는 텅 빈 세상에서 과연 무엇이 가장 중요한 것일까?"

태호는 운전을 하며 자신에게 반문해 보았다.

미인을 만난다 하여도 이제는 돈으로 유혹할 수 없을 것이다.

"그렇다면 무엇으로? 난 이제 매력 없는 중년을 넘은 나이가 아닌가?"

한 시간여를 달려 천안을 조금 지난 휴게소에 정차 후 화장실에 들렸다가 공허하고 스산한 구내를 배회하는 태호는 광장 한쪽 귀퉁이 쓰레기통 주위로 고양이들이 들개처럼 배회하고 있는 것이 거슬려 보였다. 그는 사격 연습도 할 겸 옆구리에 숨겨 차고 있던 육연발 권총을 뽑아 들고 거침없이 쏘아댔다.

군대시절 사단 사격대회에 나갔을 만큼 자신 있었던 솜씨. 어린 시절의 우상이었던 게리 쿠퍼나 존 웨인의 속사를 흉내 내어 본다. 방법은 간단한데, 일단 가늠쇠 위에 표적이 위치하면 다시 한 번 확인 조준하는 것이 아니고 본능적으로 순간에 연속으로 당긴 따름인 것이다. 더럽게 생긴 도둑 고양이 떼가 놀라 사방으로 흩어지고 대포소리 같은 총성은 수십 리를 빠르게 날아가며 메아리쳐 왔다.

"제기랄 제발 이 근방에 사람이 있다면 응답 좀 하거라!"

천안을 지나 논산 고속도로로 진입하려던 태호는 마음을 바꾸어 경부 고속도로를 더 타고 내려가 대전을 한번 확인해보기로 했다.

평택, 신탄진을 거쳐 유성 인터체인지로 진입하여 유성 시내를 몇 번 돌아보고 대전 시내로 향한 태호는 1-2시간이 흘러갔지만 역시 사람의 흔적을 찾을 수 없었다.

다시 고속도로로 진입하였다. 눈에 익은 산과 들을 지나 고향인 익주 인터체인지로 다가가니 광활한 호남평야가 한눈에 들어온다. 언제나 평화로움에 싸여 있는 곳. 서쪽으로는 지평선이 가물거리고 동쪽 멀리로는 아주 높지 않은 산들이 오늘도 묵묵히 이 땅의 역사를 내려다보고 있는 듯하였다.

잘 닦여진 넓은 도로를 따라 익숙하게 시내로 진입하여 도청, 시청, 번화가, 다니던 중 고등학교 등을 돌아다녀 보았다. 살던 집 앞 바로 앞길을 따라 300여 미터 올라가면 여고가 있었는데, 아침이면 남색 교복에 하얀 칼라를 달고 등교하던 단정하고 신선한 모습의 여고생들이 가득했던 길. 넓었던 그 길이 서울에서 큰 길만 보고 산 탓인지 이제는 왜 그리 작게 보이는 것인지? 마치 서울의 골목길에 지나지 않는 듯하다.

태호는 자신의 황당한 현실을 잠시 잊은 채 40년 전으로 돌아가 본다. 그때가 고등학교 2학년 말, 교회에서 성탄 준비로 일주일에 한 번씩 모여 합창연습을 하던 중 어느 날이었다. 열심히 노래를 부르다 무심코 뒤쪽 소프라노 여학생 파트로 고개를 돌렸는데 딱 마주친 눈길. 보름달? 아니 장미꽃? 해당화같이 눈 코 입 어느 하나 나무랄 것 없는 예쁜 교복을 입은 동갑내기 여학생. 꼭 날 보고 웃는 것으로 착각이 들었다. 영화 스크린에서 엘리자베스 테일러, 마릴린 먼로 등 기라성 같은 미인들을 보았건만 '아… 그들은 조화에 지나지 않았다.'

생화의 부드러움과 생생함이 순간적으로 사춘기의 태호를 엄습했었다.

"그때는 정말 쇼크였는데."

요즈음엔 나이가 들다 보니 예쁜 꽃을 보아도 아름다운 경치를 보아도 잘 감동이 되지 않고 티비 연속극에 나오는 인기 여자 탤런트들도 마음을 사로잡지 못한다.

말도 못 하고 상사병에 걸려서 한 달간을 앓고 보니 하필 그의 집 같은 골목길에 살았던 여학생이었다. 태호의 어머니가 아시고 걱정을 하셨다. 그때 한 동네에 사는 발 넓은 친구에게 하소연을 하였더니 피식 웃으며

"야 꿈 깨. 그 애가 그렇게 예쁘니? 집안도 안 좋고 그 애 별로 소문이 안 좋아."

여학생이 바람둥이라는 뜻에 상사병은 한풀 꺾여 버렸고 그 후 교회에도 더 이상 나가지 않았고 집 골목길에서 한 번도 마주쳐 보지 못했다.

쫓기는 듯 다니는 태호의 입가에 잠시 잔잔한 미소가 흘렀다.

"그래 추억은 언제나 아름다운 것. 설혹 세상이 무너져 내린다 해도."

40년 전 처음 마주쳤을 때의 그 얼굴이 어렴풋이, 그리고 그 여학생의 '금희'라는 이름이 떠오른다.

운전대를 잡고 멍하니 취한 듯 앉아 있는데 웬 개떼들이 시끄럽게 짖어 댄다.

'돌보는 주인을 잃고서 며칠을 못 먹고 동네를 방황하는 미친 개들인가?'

함부로 걸어서 돌아다닐 상황이 아닌 듯했다.

그때 그 시절. 죠니 허튼의 '어느 소녀에게 바친 사랑'이라는 노래가 있었는데, 마음속으로 노래를 불러보며 태호는 병원 쪽으로 차를 돌렸다. 군의관으로 제대를 한 후 미국에 건너가 수련의를 하려던 계획을 접고 고향 땅 유서 깊은 병원에서 수련의 생활을 시작하였는데 막상 들어가 보니 등잔 밑이 어둡다고 참 대단한 병원이었다.

미국 의료 선교사가 문을 열었고, 해방 후 인턴 레지던트 제도를 국내에서 처음으로 도입하였으며, 의료보험이 없던 때였지만 응급환자는 보증금 없이 입원이 가능했었다. 호남에서 수십 년 동안 어려운 환자 수십만 명의 목숨을 구해낸 병원이건만 어찌 이 땅의 도지사는 그들의 동상을 세우지 않고 있는지… 의료 선교사들이 수십 년 동안 살면서 공원처럼 잘 가꾸었던 소나무 동산은 온데간데없고 고층 아파트들이 무질서하게 들어서 있다. 병원 안으로 들어서니 바빴던 수련의 시절이 떠오르는데, 응급실과 중환자실을 살펴보니 죽어가던 환자와 밤을 새우며 사투를 벌이던 모습이 선하다.

"아… 그 복잡하고 분주하던 이 병원도 이렇게 사라져 버리는 것인가?"

그렇게 바쁜 생활 중에도 에피소드가 없었던 것은 아니었다. 당시 안경 쓴 한 명의 간호 여학생.

큰 키에 까만 안경테 속에 빛나던 눈동자.

태호가 레지던트였고, 그녀는 간호학생 신분이었으니 10년 정도의 나이 차이가 났는데, 그녀는 자신의 동급생들보다 2-3살 더 많았던 것 같았다. 이름이 태호와 비슷한 태순이여서 쉽사리 서로 가볍게 농담을 주고받게 되었는데 종씨가 같기도 하여 "태순이가 뭐야 태숙이나 호순이라 하지" 하며 놀려주기도 했었다.

그녀는 적극적이고 능동적인 성격이었는데 나중에 태호가 수세적인 입장이 되었다. 몇 번의 저녁 데이트를 한 후

"실은 나 결혼했어. 유부남이야."

심각하게 말을 꺼냈지만 그녀는 의외로 "선생님 전 그런 것 신경 안 써요. 그게 왜 중요한 거지요? 그런 것은 우리 사이에 아무런 의미가 없어요. 선생님 저 좋아하지요? 전 느껴요. 맞지요?"

"으응…."

"그럼 됐어요. 전 더 이상 바라지 않아요. 그저 좋으면 되는 거예요."

책임이 없다니 좋기도 하였지만 불안한 마음이 완전히 사라진 것은 아니었다.

한번은 모텔 옆을 지나가는데

"선생님은 남자도 아닌가봐?"

"그런 것 쳐다보면 안 돼. 어험 나이도 어린데."

"태순이 정도의 인물이라면 중동 갑부나 사우디 왕자의 두 번째 부인(?)으로 시집갈 수 있어. 내가 도대체 무엇이 좋아?"

"호호 또 그 소리."

소꿉장난 같은 대화가 오가며 그럭저럭 꿈 같은 몇 개월이 흐르고… 그러나 아무래도 더 이상 지속되다간 무슨 일이 날 것 같았다. 결국엔 소문이 나고 이 사실을 와이프가 알면 경을 칠 노릇이다. 그리고 이러한 소문은 종교병원에서 커다란 금기 사항이다. 고심 끝에 마음을 독하게 먹고 걸려온 전화에 절교 선언을 해버렸다.

"앞으로 전화 걸지 마. 우리 더 이상 만나는 것 안 좋을 것 같아."

상대방의 마음은 헤아리지 않고 일방적으로 선언해버린 칼 같은 결정. 지금 생각해보니 그때 태순의 마음은 얼마나 참담하였을까?

초년의 사랑은 짝사랑 중년의 사랑은 어정쩡한 사랑. 말년의 사랑은 SEX일 뿐이라고 소크라테스(?)가 말했다던가?

"아… 다 추억이 되었구나."

그녀는 간호학교 학생회장까지 했고 그 후 병원에서 근무하다가 미국으로 취업이민을 떠났다. "떠나기 전 한 번 만난 적이 있었는데 그래 이젠 정말 영원히 만날 수 없게 되어 버렸구나."

아무리 돌아다녀도 고향 땅에서 반겨줄 친구나 친척이 없었다. 더 이상 사람을 찾아보아도 헛수고일 뿐이었다.

"오늘은 어디서 자야 하나? 어디가 마땅하지?"

특급 관광호텔도 생각이 났지만 썰렁하고 으스스할 것 같았다. 아담한 모텔 정도가 적당할 듯싶다.

"아, 세상의 모든 집이 다 내 집이면서 또 내 집이 아니다."

고향 땅에서 하루 반나절을 돌아다녀 보았지만 역시 아무도 만날 수 없었다. 젊은 날의 아련한 추억을 뒤로하고 다음날 정오 무렵 태호는 광주 쪽으로 차를 몰았다. 서울을 떠나 올 때에도 마음이 메이는 듯 했지만 일말의 희망이 무너져버린 고향을 뒤로하며 운전하는 마음은 참담하였다. 어제 저녁 꽤 후덕지근했었는데 점차 하늘에 먹구름이 끼기 시작, 이윽고 후득후득 빗방울이 떨어지기 시작하더니 정읍을 지나치자 세찬 소나기가 시원스레 차창을 때리며 대지에 몰아친다. 달아올랐던 고속도로 아스팔트가 흥건히 젖어 오는데, 이상하게 차 안쪽이 질질 끌리는 기분이 든다.

'아차, 펑크인가? 이런 다 준비하였는데 우산을 빠뜨렸구나. 낭패다.'

차문을 열고 번개같이 뛰어내려보니 한쪽 타이어가 쪼그라들어 알루미늄 휠이 지면에 납작 붙어 버렸다. 땅바닥에 있던 대못이나 철사에 찔린 모양이다. 잠깐이였지만 온몸에 장대비를 흠뻑 맞고 운전석에 다시 앉아 오도 가도 못 할 신세로 초조히 기다리는 신세가 되었다.

30여 분이 지나니 다행스럽게도 빗줄기가 점차 약해져 간다. 그러나 난감한 노릇이다. 여분의 타이어와 공구가 있지만 덩치 큰 차의 바퀴를 붙잡고 씨름할 엄두가 나지 않았다. 평소 같았더라면 보험회사에 전화 한 번으로 쉽게 서비스를 받을 수 있는데….

"가장 가까운 인터체인지가 백양사인데 그리 먼 거리는 아니다. 가는 곳까지 가보자."

저속으로 길을 재촉해서 결국 타이어가 몽땅 닳아 사라져 버리고 알루미늄 휠이 땅바닥을 긁는 소리가 요란한데 마치 전차를 모는 느낌. 그래도 사력을 다하여 전진했다. 혼자 남게 된 후 처음 겪는 어려움이다. 덩치 큰 그랜드 카니발은 괴성을 지르며 백양사 인터체인지로 진입 후 읍내로 들어오는데 겨우 성공. 태호의 양측 겨드랑이에 땀이 흠뻑 젖어 왔다.

백양사 읍내는 아주 작은 동네였다. 태호는 망가진 차를 버리고 새 차로 빨리 갈아타야 했다. 먼저 눈에 띄는 곳이 파출소인데 순찰차가 하나 서 있다. 차문이 닫혀 있어 파출소 안으로 들어가서 책상들을 이리저리 뒤져 보았지만 차 열쇠는 찾을 수 없었다. 작은 열쇠 하나가 벽에 걸려 있어 혹시나 하고 들고 나와 보니 앞마당에 서 있는 하얀 경찰 오토바이에 들어맞는다.

　태호는 다시 도로에 나가 길거리에 주인을 잃고 드문드문 세워진 차들을 기웃거렸지만 모두 문이 굳게 잠겨 있었다. 하기야 차 키가 있다 하더라도 벌써 보름 이상 지났으니 자동차 배터리가 다 방전되었을 터. 점차 개 짖는 소리가 요란해진다. 주인을 잃고 며칠을 굶은 개떼들이라면 맹수나 다름없을 터이니 빨리 이곳을 떠나는 것이 상책이었다.

　모든 짐을 버리는 수밖에. 작은 가방에 꼭 필요하다 싶은 것만 대충 꾸리고 권총은 옆구리에 꽂았다. 조심스럽게 오토바이로 다가가 시동을 걸어보았는데 다행히 잘 걸렸다. 고속도로 대신 담양으로 빠지는 낯익은 국도로 나가니 소란스럽게 짖어대는 짐승들의 소리가 점점 멀어져 가면서 오후에 겪었던 긴장이 서서히 가라앉는다.

　가벼운 고개를 넘으면 시원스런 장성호가 한눈에 들어오고 그리고 조금 더 가니 국도 옆으로 잘 가꾼 쉼터가 보였다. 담양 묘지에 묻힌 장인 장모 성묘를 마치고 돌아오는 길에 가족들과 꼭 한 번 쉬어갔던 곳이었다. 태호는 지금 무엇을 누구를 찾으려 이렇게 나선 것인지, 그리운 가족들은 완전히 포기한 것인지… 스스로 자문해 본다.

"아… 아…"

다시 한숨이 나왔다. 잠깐 쉬었다 가고 싶었지만 날이 덥고 오후가 얼마 남지 않아 끝날 듯하니 그냥 지나쳐 버릴 수밖에 없었다.

오랜만에 오토바이를 타고 보니 상쾌한 바람이 얼굴과 온몸을 휘감으며 상의와 윗몸에 흥건히 흐르던 땀을 서서히 날려 버린다. 큰 고개를 넘어 내리막길로 향하는 태호. 담양 읍내로 직행하는 국도에는 좌우로 30년 수령의 높다란 메타세콰이어 가로수가 길게 뻗어 있다. 오토바이는 경쾌한 엔진 소리를 뿜으며 한가운데를 따라 힘차게 달려나갔다.

담양에서 하룻밤을 잔 후. 오전에 다시 오토바이를 몰고 광주 시내로 들어갔다. 항상 붐비는 큰 도시이건만 마치 어느 새벽처럼 조용하고 한밤처럼 인적이 없다. 시내의 모든 집들과 건물들은 텅 빈 세트장에 불과하다.

도심의 한가운데 5.18 광주민주화 운동으로 유명한 금남로가 보였다. 그 넓은 길로 들어서니 바람에 흔들거리는 가로수만이 살아있는 생물이다. 전두환 정권이 김종필은 조사, 김영삼은 가택 연금 시키고 김대중을 다시 희생양으로 삼아 구금시키자 광주 대학생들의 데모가 일어나고 신군부는 초전 박살의 전술로 일본 관동군이나 빨갱이보다 더한 차마 눈뜨고 볼 수 없는 무자비한 진압을 시도했다.

일제시대 통학 열차 안에서 한국 여학생을 희롱하는 일본 남학생들의 망발에 분노의 주먹을 휘둘렀던 광주 학생 사건. 전남 사람들이 어디 그리 만만한 기질인가? 젊은 사람들을 보신탕집에서 개 잡듯 폭력을 가했으니 그때 만일 황야의 무법자 클린트 이스트우드나 터미네이터의 슈왈츠제네거가 지나치다 보았더라면 분노의 육혈포와 발칸 머신건이 불을 뿜었을 것이다.

결국 신군부는 시위대를 빨갱이의 사주로 계속 몰아 붙이고 미국도 더 이상 손을 들어 줄 수가 없었다. 서울이나 부산에서 민주 데모가 일어나면 정권은 무너지지만 도세가 약한 전라도의 궐기는 폭도라는 비극으로 종말을 고하였으니 세계 역사에서 무수히 반복되었던 굴절의 한 현장이리라.

"마지막 항거에서 숨진 젊은이들이여. 살아남은 자의 부끄러움으로 고개를 숙입니다."

숙연한 마음 속에 조용히 노래가 흐른다. 수잔 잭슨의 'Ever Green Tree'를 영정에 바친다. 분노의 역사적 현장에서 잠시 서성이던 태호는 발길을 옮겼다.

과거를 생각하며 자신의 처지가 더욱 초라함을 느끼는 태호. 그러나 급한 것은 다시 타고 가야 할 자동차인데… 가장 번화한 중심대로에 현대차, 기아차 그리고 외제차 매장이 쉽게 눈에 들어왔다. 그중에서도 벤츠 매장에 눈이 끌렸다. 매장의 유리문은 다행스럽게 쉽게 열렸는데,

"어디에 자동차 키는 있는 것인가?"

그런데 자세히 보니 운전대에 키가 꽂혀 있는 것이 아닌가?

"행운이다. 외지에서 발이 묶인다면 낭패인데. 하느님도 무정하시지는 않네."

오랜만에 하느님이란 말이 목구멍 밖으로 나온다.

서울에서 내려오면서 보니 고속도로의 모든 휴게소나 도시의 주유소도 정상으로 작동하고 있었다. 태호는 덩치 큰 외제차도 걱정하지 않고 마음 놓고 운전할 수 있다. 조심스레 벤츠 500S를 끌고 나왔다. 외관은 별로 태호의 마음에 드는 차가 아니었지만,

하도 유명한 명차라니 공짜로 한번 타보고 싶었다.

대학 시절 살았던 동네에도 가보고 장모님이 물려준 도로변 토지 쪽으로도 가 보았다. 얼마 전 10억을 줄 테니 팔라고 했건만 지금 이 마당에 살 사람도 없고 설혹 팔아서 10억이 있다 한들 어디에 쓸 것이며 무슨 소용이 있단 말인가?

짧은 기간이었지만 태호는 제2의 고향이라 할 수 있는 광주를 뒤로 하고 부산을 목표로 남해안 고속도로로 나왔다.

한 대의 차도 볼 수 없는, 미국 서부에서나 경험할 수 있었던 막힘없는 시원한 대로를 5000CC 8기통 최고급 벤츠가 부드럽고 힘차게 달려준다.

"와… 벤츠. 정말 좋긴 좋네."

제한 속도를 훨씬 넘게 달려도 차창엔 가벼운 미풍소리만 들려오고 그 조용하고 부드러운 엔진감은 영락없이 건강한 중년 여인의 은밀한 그것과 같다고 할까?

"그래, 난 잠시나마 세상의 왕이 되었구나."

"모든 것이 다 내 마음대로다. 시비 걸 놈도 시비 할 놈도 없구나. 사람들이 다 사라져 버렸으니."

"먹을 것. 전기, 식수, 연료가 도처에 있으니 얼마나 다행인가."

"그런데 신하가 없는 왕이다. 짝도 없고, 고독한데….”

남해안의 풍광을 감상하며 고급 자동차를 몰다 보니 이상하게 여자 생각이 난다. 시간과 돈이 넘치면 결국 여자 생각이라지 않는가. 하기야 섹스를 못한 지가 이제 거의 3주가 되어 가는데. 물씬한 느낌의 들릴 듯 말 듯한 자동차의 피스톤 소리가 이상하게 태호의 사타구니에 혈류를 모으게 한다.

"이런 바닷가라면 싱싱한 해녀라도 만날 수 있지 않을까?”

"30대면 좋으련만. 아니 40-50대도 괜찮지. 이 마당에 60대도. 어이구 흐흐.”

그러나 아무리 열심히 둘러보아도 여자 그림자도 없다.

"세상에 사람이 없다 하여도 단 한 사람의 여인이 있다면 큰 의지가 될 터인데….”

현재로서 태호의 유일하고 간절한 소망이리라.

붉게 물드는 황혼을 뒤로하고 태호의 차는 여수를 넘어 광양을 거쳐 어느 해안가의 소도시에 정차하였다. 편의점에서 이것저것 먹을 것을 모아 저녁 요기로 때운 후 다소 지친 몸을 이끌고 가까이에 위치한 작은 모텔에서 오늘 밤을 보내기로 작정하였다. 2층 방 창 넘어 바다 소리가 쏴아 하고 왔다가 사라진다.

"오늘은 일찍 자자."

그러나 쉽게 잠이 안 오자 태호는 비스듬히 몸을 일으키고 TV 채널이 모두 사라졌다는 것을 알면서도 습관처럼 심심풀이로 리모컨을 눌러 보았다.

한참 돌리다가 보니

"어라 유선인가? 성인 채널이 살아있네!"

주인은 사라졌지만 기계는 자동인 모양이다.

젊은 나체의 플레이 보이와 플레이 걸이 슬슬 뻔한 수작을 걸더니 갖은 테크닉을 구사한다.

태호는 자신도 모르게 숨이 답답해지며, 자신의 페니스를 문지르기 시작하였다. 그리고 베개에 마스터베이션을… 오랫동안 기다리고 있던 정액들이 흠뻑 쏟아져 나온다. 나른하게 기운이 풀린 태호는 그대로 꿈나라로 향한다.

태호가 대전, 광주, 부산, 강릉으로 전국을 일주하고 약 3개월이 지난 11월. 길거리에서, 들판에서, 산등성이에서 나뭇잎들이 점차 윤기를 잃어가고 이내 떨어져 간다. 겨울이 오고 있는 것이다.

"내가 왜 혼자 남게 되었는지?"

"세상 사람들은 다 어디로 사라져 버렸는지?"

이제 태호에게는 더 이상 의문을 가질 여력도 사라져 버린 듯하다.

그의 귓가엔 점차 지구의 자전 소리가 들려 오는 듯한 착각이 인다.

운동이 부족하여 오랜만에 인근 골프장을 찾아가 보았는데 잔디가 마치 잡초처럼 자라 있는 것을 보고 깜짝 놀랐다. 그동안 전혀 잔디관리를 하지 못한 탓이었다.

다음날 인근 산으로 등산을 나간 태호. 예상보다 너무 차가운 강풍이 불어왔고 옷을 얇게 입은 탓에 더 이상 견디지 못하고 집으로 돌아왔다. 이불 속에서 한참을 떨었는데 다음날 그의 몸 컨디션은 더욱 악화되었다.

심한 몸살과 고열이 엄습. 집에 비치한 상비약으로 이틀을 견뎌냈다. 감기 증세는 더욱 심해지고 기침을 할 때마다 우측 가슴에 심한 통증이 일어나자 태호는 직감적으로 폐렴이 오는 것으로 판단했다. 하룻밤을 악전고투하며 넘긴 후 다음날 아침.

"이러다간 큰일 날 것 같은데. 약으로는 안 되겠고. 항생제 주사라도 맞아야겠다."

탈진한 몸을 이끌고 서울에 있는 자신의 클리닉으로 운전대를 잡았다. 흉부 X선 검사를 해보고 싶건만 혼자 힘으로는 불가능하다.

주사기에 페니실린을 채우고 큰 거울로 가 뒤로 돌아선 다음 바지를 내리고 엉덩이를 향해 여러 번 잘 조준 후 주사기 바늘을 자신의 둔부에 꽂았다.

영화 속에서 람보가 쫓기면서 찢어진 상처를 실과 바늘로 스스로 꿰매던 모습이 생각나는 태호.

아픈 것이 문제가 아니고 정확한 자리에 놓았는지가 걱정이었지만 몇 분이 지난 후에도 부작용이 나타나지 않는 걸 보니 제대로 된 모양이다.

"휴…"

안도의 한숨을 쉬며 뒤편 창고에서 전기난로를 꺼내어 진찰대용 침대를 향해 놓고 전원 스위치를 켠 후 그 침대에 몸을 던지듯 누워 버렸다.

견디기 어려운 고열이 다시 엄습한다.

"이런 때 간호사의 도움이 절실한데."

깜빡 잠이 들었고, 얼마간의 시간이 지났는데….

"따르릉, 따르릉, 따르릉…."

책상 위에서 전화벨이 정적을 깨뜨리며 요란하게 울리고 곧 벌떡 일어난 태호.

"웬 전화? 귀신인가?"

떨리는 마음과 두려움으로 가만히 수화기를 귓가에 놓는다.

"여보세요"

발음이 제대로 잘 안 된다. 3개월간 말을 해보지 못했기 때문에 혀가 잘 구르지 않는 것이다.

전화 속에서 분명히

"헬로우, 헬로우"

라고 부르는 사람 목소리가 들려오는데⋯.

제3장

레이크 크레슨트 롯지
Lake Crescent Lodge

"외국인인가?"

"Who is calling? (누구시죠)?"

"닥터 김?"

"Yes"

"저예요. 저 태순이에요."

"뭐 태순이? 아니 미국에 사는 여러 사람들에게 전화했는데 아무도 받지 않던데? 지금도 로스앤젤레스에 사나?"

"네. 그래요"

"한국 사람들 나만 빼놓고 다 사라져 버린 지가 3개월이야. 그쪽은 어때?"

"어떻게 내 전화번호를 기억하고 있었지?"

"미국도 마찬가지예요. 모두 다 사라져버린 모양이에요. 그런데 아무런 흔적도 없어요. 중간에 한 번 한국에 간 일이 있었는데 그 부근을 지나다가 선생님 간판을 보았지요."

미국으로 건너간 지 15여 년이 흘러서인지 한국어 발음도 혀 꼬부라진 미국식이다.

"아 그래… 그때 좀 들리지… 그동안 어떻게 지냈어?"

"참 어려웠어요. 재미도 없었고…."

"결혼은?"

"안 했어요. 아니 못 했지요."

"결혼을 못 했다고? 그러면 연애야 많이 했겠지?"

"호호호 선생님 농담 여전해요. 선생님 그때 저 보고 중동 부자에게 시집가라고 그랬는데… 왜 그런 사람이 안 나타났는지 모르겠어요."

"아직 안 늦었으니 기다려봐. 이제 나이가 몇 살이더라? 아마 마흔인가?"

"그런데 왜 미국 사람들 다 사라져 버린 거야?"

"저도 모르겠어요. 혼자만 살아 있는 것이 신기하고 무서워요."

"나도 마찬가지. 정말 이상한 일이야"

"며칠 전 미국 인터넷에 나왔는데 3-4000만 명에 한 명 정도 살아있는 상태래요."

"인터넷에? 인터넷이 살아 있다고?"

"3000만 명에 하나? 그래… 원인이 무엇이고?"

" 그건 아직 모른데요."

"그래. 우리가 살아 있는 것이 다행인지 불행인지 모르겠군."

"그런데 오늘 어떻게 통화가 되었네. 나 진료소에 오랜만에 나온 거야."

"제가 그동안 몇 번 걸었어요. 저도 포기했었는데 어젯밤 꿈에
보이시는 거예요. 그래서 다시 한 번 전화를 걸어 본 거지요."

"네가 꿈에 나타났다고? 날 많이 생각했던 모양이네. 정말로
이렇게 전화를 받으니 너무 좋네. 3개월 만에 사람하고 처음으
로 대화해 보는 거야. 혀가 이제 좀 풀리는군."

"그런데 웬 기침을 많이 하세요?"

"폐렴?"

"응 X선 촬영은 혼자 할 수가 없으니 확인할 수 없지만, 증세
가 똑같아. 그래서 나 혼자 엉덩이에다 조금 전 항생제 주사를
놓았지."

"어머, 저런. 어떻게 해. 빨리 회복하셔야 할 텐데…."

"이젠 걱정이 놓이는군. 사랑하는 님의 목소리라도 들었으니
이제 죽어도 여한이 없지 뭐…."

"어머 또 마음에 없는 소리 하시네요."

"아니 정말이야. 이젠 우리 에덴의 아담과 이브가 되었어. 그
런데 이역만리 떨어져 있으니… 무슨 교접을 할 수 있겠어?"

"교접이 무슨 말이에요?"

"교접… 글쎄 그건 한국말로 섹스라는 거지."

"호호호… 선생님도 이제 그런 말을 쓸 줄 아시네요."

"그래 다 세월 탓이야. 우리 만났을 때 그런 것 못 해준 것. 항상 미안하게 생각했었어."

"호호호. 전 선생님이 순수했던 것이 항상 좋았어요."

"지금 몇 살 되셨지요?"

"그러니까 50 하고도 5살. 아직 젊다고."

"곧 있으면 환갑잔치 해드려야겠네요?"

"그런데 우린 이제 어떻게 다시 만나지? 지금은 전화라도 통할 수 있지만… 이것도 언제 불통될 지 모르지"

"그래요. 그럼 정말 영원히 굿바이네요. 혹시 모르니 기다려 보세요. 한국에 가는 비행기가 있나 알아볼게요."

"비행기? 지금 상황에 무슨 비행기?"

"인터넷에서 언뜻 보았는데 여객기 일부가 운행 중이라네요."

"믿어지지 않는 이야기인데…."

"제가 잘못 본 건지. 여하튼 다시 확인해 볼게요."

"정말이면 더욱 희한한 세상이 되겠구먼. 조종사가 살아 있다는 이야기인데… 여하를 알아보고 연락주어."

"하느님이 도와주시겠지요."

"하느님이 연애 또 하라고 도와주나?"

"호호호"

"내 집 전화 번호 적어 놓아요. 078-515-0000"

전화를 마치고 나니 오랜만에 긴 스트레스에서 벗어난 기분이었다.

"아 그녀가 살아 있다니. 믿기지가 않는구나."

몸살 고열증세가 일거에 사라지는 느낌이었다.

라디오의 FM방송을 켰다. 이런 때는 트리오 로스 판초스의 '희미한 옛 사랑의 그림자'라도 흘러나온다면 얼마나 좋으리. 벨벳처럼 부드럽고 따스한 음성이 흘러나오는데 정말 좋다. 제목이 'LOVE IS EVERY MINETE'란다. 태호는 20년 전 그녀와 마지막 만났던 때를 회상해 본다.

벌써 15년 전인가? 아니 20년 가까이 되는 것 같은데… 병원 근무가 끝나가는 토요일 정오쯤 태순이로부터 서울에 잠시 들렸다고 전화가 걸려왔다.

익주에서 헤어진 지 5년여 정도 되어 반갑기 짝이 없었고 근무가 끝나는 대로 인근 다방에서 만나게 되었다.

"그래 그동안 잘 있었지? 지금 어디에 있어?"

"간호학교 마치고 병원에서 근무 중이예요."

"그래 아주 잘했네. 시집은 아직 안 간 거야?"

"시집을 보내주셔야 가지요."

"무슨 소리 태순이 정도면 목맬 남자가 많을 텐데."

"제가 사주가 센 모양이에요."

"그래 오늘 비번인 모양이지."

"예. 서울에 언니가 살아요. 언니도 만날 겸 선생님도 보고 싶었어요."

한동안 이런 저런 지난 이야기를 꽃피웠는데….

"선생님 저 서울에 근무하고 싶어요. 종합 병원에 들어갈 자리가 있어요. 그리고 항상 선생님 곁에 있고 싶어요."

"아니 시집도 안 가고 내 곁에서 평생…? 그건 잘못된 생각이야. 지금 태순이 나이를 생각해봐."

"지금 겨우 25세 정도일 텐데, 날 어떻게 믿고 평생을 독신으로 살 수 있겠어?"

"안 돼, 익주가 살기 좋은 곳이야. 서울 정말 공기도 안 좋고. 나도 언젠가는 익주에 다시 내려갈 거야."

인근 공원을 돌다가 둘은 자연스레 가까운 모텔에 들어가게 되었고 사건 후 처음 있던 일이였다.

당시 태호는 집사람의 혼전 애인이 있었다는 것을 알게 되어 갈등상태였다.

침대 위에서 여자의 옷을 벗겼지만 태호로서는 조금 어색하기도 하였고, 혹시 임신이라도 된다면 하는 불안감과 그리고 오전부터 시작한 감기증세 등으로 발기가 잘 안 되었다. 그래서 결국 질 밖에 사정한 것으로 기억되었다.

갑자기 오한과 견딜 수 없는 무력증이 엄습한 태호는 "나 잠깐 감기약 좀 사 먹고 올게. 우선 한숨 자고 있어."

태호는 인근 약국으로 갔다가 너무 아파서 집으로 가버렸다. 30분만 자고 다시 찾아갈 생각으로 이불을 덮어쓰고 쓰러져 버렸는데 깨고 보니 밤이 되어 저녁 8시가 넘었다.

"어이쿠 큰일 났네."

아픈 몸을 이끌고 어디를 가냐고 묻는 집사람을 적당히 따돌렸다.

서둘러 다시 그 모텔로 가보니 카운터에서 벌써 계산하고 나갔다고 한다.

그로부터 6개월 후 병원에서 진료 중이었는데 전화가 걸려왔다.

"여보세요?"

"저 태순이에요."

"아 태순이. 아, 내가 전화번호를 몰라서 전화 못 했어. 그날 너무 미안했어. 잠깐 집에 들린다는 것이 그냥 쓰러져 자버린 거야. 잠이 깨서 달려가 보니 가버렸더군. 그날 말은 안 했지만 독한 감기 때문에… 어쨌든 너무 미안했어. 서울에 온 모양이지?"

"여기 김포공항에서 전화하는 거예요."

"김포공항? 왜?"

"저 오늘 미국 LA로 떠나요. 미국 취업이민이에요."

"뭐? 이민을 간다고? 왜 갑자기?"

"글쎄요. LA에 큰언니가 살고 있는데, 부모님도 같이 살아요. 익주엔 이제 아무 친척도 없어요."

"마지막 인사드리려고 공항에서 전화하는 거예요. 곧 탑승수속 해야 해요."

"아니 이렇게 가는 거야?"

"건강하세요."

"아 그래 건강하고. 미국에 가거든 꼭 멋진 남자 만나서 결혼해."

글쎄 그때 그 기분을 뭐라고 말해야 할지. 솔직히 약간 홀가분하기도 했고 또 착잡하였다.

전화기를 놓고 한동안 멍하니 있었다.

그 이후 15여 년이 흘렀는데 날 잊지 않고 전화를 한 것이다. 사랑은 항상 영원한 것인가… 내가 잘해주지는 못하였지만 솔직하고 거짓이 없었기에 그녀도 날 잊지 않았구나.

장거리 전화로 태순과 통화가 되면서부터 태호의 생활은 확 변하였다. 최근 그리 자주 듣던 FM 음악방송도 흥미가 떨어지고 가끔 그림 그리던 취미도 멀어져 갔는데 다시 희망이 생기고 흥미가 솟아났다.

오랜만에 CD를 골라 틀어본다. 엘가의 '위풍당당 행진곡'이 지금의 태호를 대변해 줄 줄이야.

콧노래를 부르며 혼자 거실에서 지휘자가 된 듯 온갖 제스처를 부리며 지휘를 해본다.

그리고 식욕도 되돌아오고 밤에 잠도 잘 온다.

12월이 되어 기온은 점점 더 크게 떨어져 갔지만, 그래도 아파트의 난방은 잘 들어오는걸 보니 상당량의 연료가 보일러실에 비축되어 있는 듯하다.

가끔 눈도 내렸다. 창문 밖으로 소리 없이 비 같은 눈이 내려 천지를 감싸는데… 따르릉 기다리던 전화가 울린다.

"태순이?"

"네, 아주 기쁜 소식을 알려드릴게요."

"뭔데?"

"일주일 후쯤 LA에서 한국으로 가는 비행기가 있데요."

"정말?"

"이곳 인터넷에서 확인했어요."

"그럴 수가? 믿기지가 않는데. 혹시 꿈을 꾼 건 아니야?"

"이번 달 12월 20일 LA공항에서 출발하여 다음날 오후 6시 인천공항에서 다시 미국으로 출발한데요. 제가 타고 한국으로 갈게요."

"어 그래. 정말인가 보네. 아니 저 말이야, 이번엔 내가 가지."

"태순이도 만나보고 시애틀에서 공부하고 있던 막내딸 소식이 너무 궁금해. LA에 갔다가 시애틀에도 꼭 가보고 싶어."

"그래요. 그러시겠네요. 그럼 기다릴 테니 먼저 오세요."

"그런데 비행기표는 어떻게?"

"걱정 안 해도 되요. 그냥 타시기만 하면 된대요. 긴급용이라네요."

"그냥 공항에 가면 된다 이 말인가?"

"빨리 만나보고 싶어요. 꼭 오세요."

"나도 마찬가지지. 며칠 후면 만날 수 있겠어."

아 이게 꿈인가 생시인가? 태호는 흥분되는 마음을 진정시키기 어려웠다. 이른 아침부터 내리던 함박눈이 오전이 되어 점차 멈춰가고, 11시가 되니 햇살까지 나타난다. 길조임에 틀림없다. 희망을 안고 미국에 가보자. 태순이도 만나고 소식이 두절된 딸을 빨리 찾아보아야지.

12월 20일 태호는 두 개의 백에 짐을 꾸리고 자신의 승용차를 몰고 영종도 인천공항으로 향했다. 추운 날씨였지만 한편으론 맑고 바람도 없는 좋은 날씨였다.

차를 제일 위치가 좋은 가까운 지하 주차장에 세우고 보니 태호의 마음에 한 가지 걱정이 든다. 사방에 널린 게 주인 잃은 차들이지만, 계속 방치된다면 쓸모가 없어질 일이다. 자동차의 배터리가 다 방전될 터이니 말이다.

미국에 건너가서 상황이 어떻게 될지 장담이 안 되는 터이라 태호는 자가용 승용차의 뒤 트렁크에 카 센터에서 가져온 신품

배터리 하나를 준비해 두었다. 그동안 자동차 정비책을 읽어보고 바꿔 다는 연습도 해본 터였다.

거대한 공항 로비에 들어서니 인적이 없어 적막하기 그지없고 공항은 축소된 매우 붐비는 특이한 인간사회가 아니었던가? 거의 모두가 희망과 자랑을 안고 재잘거리며 제 갈 길 바쁘던 곳이였는데… 그 많은 사람들 지금 다 어디로 사라져 버렸는가?

어디로 가야 할지 잠시 망설이는데 안내 방송이 터진다.

"6시 미국 로스앤젤레스 출발 탑승객은 수속을 하시고 46번 게이트에서 비행기에 오르십시오."

수화물 취급 안내원도 없으니 그대로 가방을 끌고 수속대로 가보지만 역시 수화물 검사나 여권확인을 하는 직원은 보이지 않는다.

무조건 가보자. 46번 게이트로. 오후 5시경 46번 게이트를 지나 에스컬레이터를 타고 내려가면서 확인해보니 틀림없이 은빛 747 대형 비행기가 통로와 맞대어 서 있다. 동체에는 USA AIRLINE 이라고 선명하게 적혀있다.

짐을 끌고 여객기 안으로 들어서니 밝은 형광 조명 아래 전 좌석은 이제 막 손님을 기다리는 듯 완전히 비어 있다. 그래도 깔

끔한 스튜어디스 한 명쯤은 있겠지 하던 기대는 혹시나에서 역시나로 변한다.

'정말로 가긴 가는 건가? 어떻게 뜨지? 조종사는?'

어떤 자리에 착석해야 할지 망설여지는데….

앞쪽 중앙쯤에 짐을 놓고 잠시 앉아 전후좌우를 두리번거리는데 의구심과 두려움이 앞선다.

일어나서 꽁무니 쪽 화장실에 소변을 보고 전 좌석을 다시 잘 살펴본다. 그리고 제일 앞쪽에 위치한 일등석 칸으로 들어가 보았다.

20개 전후의 넓은 좌석. 그리고 전면에 조종실로 연결되는 문이 있다. 태호는 가볍게 조종실 문에 노크를 해보지만 아무 응답이 없다. 조금 더 세게 노크를 해도 감감 무소식. 조종사가 아직 오르질 않았나?

출발 예정시간이 다가오고 영어로 안내방송이 나온다.

"여객기는 예정시간대로 출발 예정이며 모든 조종은 자동으로 이루어지니 안심하고 편안히 여행하시길 바랍니다. 오늘 기상은 양호하며 LA까지는 약 11시간이 소요됩니다. 기내 승무원이 없는 걸 양해해 주시고 식사와 음료수는 기내 냉장고에 비치되어 있으니 자유롭게 드시고 화장실은 중앙부와 후미에 있습니다. 즐겁고 유익한 여행하시길 바랍니다."

드디어… 요란한 제트 굉음과 함께 태호를 태운 거대한 동체의 비행기는 활주로를 전력질주한 후 공중으로 튀어 올랐다.

인천공항 활주로를 벗어난 여객기는 이미 컴컴해진 하늘로 수직상승 후 다시 좌회전하며 동쪽으로 기수를 튼다.

5-10분쯤 흐르니 창 너머 아래로 서울의 야경이 들어오기 시작한다. 여의도 정도를 지나는 것으로 추정되는데 사람은 없어도 밤 속에 불빛은 어느 때와 마찬가지다.

휘황하게 서울을 수놓은 저 전깃불들….

태호로서는 다시는 볼 수 없는 광경일지도 모른다.

미국에 갔다가 잘 돌아올 수 있을지 의문이다.

언젠가 저 불빛마저 사라진다면 홀로 남은 나의 운명은? 과연 어떻게 될 것인가? 살아남을 수 있을까? 산다 하더라도 그건 원시인처럼 척박하게 살아야 할 텐데… 전기가 꺼져 버린다면 20세기가 이룩한 문명과 문화는 끝장나고 최소 100년 아니 200년은 후퇴하겠지. 섬뜩 무서운 생각이 엄습했다.

어두운 밤하늘 속에서 잠시 잊어버렸던 가족들과 친척, 친구들의 얼굴이 하나하나 스쳐 간다. 그래 언젠가는 다시 볼 수 있겠지. 살아 있는 한 희망은 항상 있는 법이니까.

점점 서울의 불빛도 멀어져 가고, 어두운 밤하늘에 이제 보이는 것은 없다. 냉기가 제트 엔진소리와 함께 유리창을 넘어 온다. 창 커튼을 내리고 주위를 둘러보니 태호 홀로 앉아 있음을 다시 피부로 느낄 수 있다.

그러니까 15년 전 태순이와 마지막 만난 토요일 오후. 되돌려 생각해보니 그것은 그녀의 마지막 시련이었다 할까? 서울에서 살 것인가? 미국으로 떠날 것인가? 여부를 결정하여야 할 기로 였는데… 나의 대답은 No. 그래서 그녀는 미련 없이 미국 이민 길에 올랐던 것이다.

여객기는 어둠 속에서 제트 기류를 타고 계속 동쪽으로 순항하였다. 태호는 자다 깨다를 반복하다 화면에서 흥미로운 영화가 상영되어 계속 보기 시작하였다. 제목은 'Walking Dead'. 모든 사람들이 바이러스 감염으로 뇌신경대뇌 피질이 파괴되고 원시 뇌세포인 뇌간으로 살아남아 흡혈 야수로 변질된다. 정상적으로 살아남은 몇몇 가족들에게 다가오는 공포와 그들 간의 갈등을 그리는 영화. 자신의 처지와 비슷한 감을 느껴 끝까지 눈을 떼지 못하고 보았다.

마지막이 어떻게 되는지 매우 궁금해지는 태호. 치료제를 개발 중이던 박사도 절명하고 남은 10명은 다시 기약 없는 도망길을 떠나는데… 그러나 그들 내부엔 보이지 않는 심각한 갈등을 안고 있었다. 항상 희망과 절망은 반반인가?

현재 태호의 입장과 유사하건만 다른 점은 같이 동행하는 단 한 명의 사람도 없으니 인간 간의 갈등은 있을 수 없고 또 어떤 병균이나 괴물에 쫓기는 것은 아니다. 영화에 비하면 다행인 셈. 의식주에 불편이 없고 쫓아오는 공포도 없다. 왜 모든 주위 사람들이 자취도 없이 사라져 버렸는지? 그것이 의문인데 당장이라도 벽 속에서 슬며시 나타날 듯한 기분이다.

태호에게 당면한 문제는 말 연습할 수도 없는 단 하나의 존재가 되어버렸다는 것. 그에게 다가올 귀신이 있다면 그것은 아마 절대 고독이 아닐까?

그런데 그 외로움을 깨뜨려 줄 그리웠던 태순이를 만나게 될 줄이야….

그래 이제 우리는 파라다이스 섬의 주인이 되는 거야. 영화도 있었지. 세기의 미녀 브룩 쉴즈와 잘생긴 금발의 청년이 남태평양 무인도에 표류하게 되어 나뭇잎으로 만든 팬티만 걸치고 먹고 놀고 마시고 학교도 안 다니고. 그러다가 해적들이 침입하였고 필사적으로 도망가는 결국 해피엔딩 영화였지.

태순이와 미국에서 지낼 일이 꿈만 같아지는데… 풍요로운 미국이 다 내 것? 흐뭇한 일이다. 누가 우리를 간섭할 것인가? 내 마음대로다. 하하하….

태호는 불현듯 미친 척 실내가 다 울릴 정도로 크게 웃어본다. 흐흐흐…. 빨리 날이 새거라. 내가 간다.

그러나 마음 한구석엔 역시 찜찜함이 있는데. 미국… 평화로운 나라이지만 때로는 매우 거친 땅이 아니던가? 끝없이 넓은 광야와 산맥. 맹수도 있고 서부시대의 건맨… 시카고의 알 카포네. 뉴욕의 마피아. 재수 없으면 한국에선 생각지도 못한 어떤 봉변을 당할 수도 있다. 그래 미국에 도착하거든 꼭 총포사나 경찰서에 들러 무기도 잘 챙겨야겠다.

이런 저런 생각으로 시간이 지나면서 창문 가리개를 조금 열어보니 희미하게 동녘이 찾아오고 있었다.

암흑이 거쳐가고 노란 빛이 조금씩 창공을 물들여 간다. 미국에 가까이 다가가고 있음이다. 두세 시간 정도면 LA 공항에 도착할 듯싶다.

LA공항에 747 여객기는 정오경에 무사히 내렸고 그리던 두 사람은 공항 로비에서 드디어 만날 수 있었다. 미소를 머금은 태호와 함박웃음을 안고 달려온 태순은 한동안 말을 잃었다. 꼭 껴안은 두 사람은 재회의 기쁨을 나누며 한동안 선 채로 서로의 어깨에 얼굴을 묻고 눈물까지 흘렸다.

태호로서는 정다웠던 애인을 만난 기쁨도 컸지만 몇 달 만에 처음 사람을 마주친 것이라 그 기분은 긴 지옥의 터널을 빠져나온 것과 같았다. 태순도 마찬가지… 여자 혼자 3-4개월을 버텼으니 오죽하였겠는가.

"정말 우리 인연은 아주 특별한 모양이야."

"맞아요. 전 정말 요 몇 달간이 꿈만 같았어요. 너무 힘들고 외로웠어요."

"태순이 얼굴은 더 예뻐졌어. 체중도 늘고."

"처녀시절엔 날씬했는데. 이젠 살만 찌나 봐요."

"아니야 이렇게 껴안고 있으니 태순이 가슴이 느껴지네."

"어머 호호… 선생님도 더 좋아지신 것 같아요."

"그런데 하느님이 우리를 도와주시는 모양이지? 아담과 이브로 새 출발하라고 하시는 모양인가?"

"그래 이쪽 사정은 어때? LA시내에도 사람 인적이 없나?"

"지난 몇 달간 한 사람도 보질 못했어요."

"먹고 자는 것은 어떻게? 여긴 따뜻해서 난방은 걱정 안 해도 되겠네."

"대형 슈퍼에 가면 먹을 것은 아직도 엄청나게 있어요. 그러나 싱싱한 야채나 과일은 이제 다 떨어져 버렸지요."

"기름은? 주유소에서 얻을 수 있나?"

"그럼요, 자동차는 운행이 가능해요."

"집은 여기서 얼마나 되는데?"

"좀 멀어요. 동서 관통 고속도로를 타고 막히지 않으면 30분 가량."

"집으로 가자고 너무 흥분되어 제대로 잠을 못 자고 왔어. 가서 좀 태순이를 안고 푹 자야지."

"저도 어젯밤 잠이 안 오더라구요."

태순의 차는 혼다 어코드. 공항을 빠져나가 곧바로 고속도로로 진입한다. 몇 년 전 친구를 만나러 왔을 때 눈에 익은 동서 관통 8차선 도로인데 그땐 수많은 차들이 빠른 속도로 물결처럼 교차하며 달려갔었다. 그러나 지금은 둘이 탄 차 한 대만이 달려간다. 좌우에 펼쳐진 광활한 도시는 정적에 싸여 평화롭기만 하다.

"차가 일제 혼다 어코드네."

"네. 일본 차가 여기서는 잘 팔려요. 잔 고장이 없어 좋아요. 미국에선 차 고장나면 낭패여요. 수리에 일주일은 걸리거든요."

"그래? 한국 현대 자동차도 정말 많이 좋아졌어. 다음엔 쏘나타 한번 사보아."

"그래요? 그런데 앞으로 그런 판매하는 날이 올까요?"

"앗차! 그렇지. 내 정신이 없네… 하하."

20여 분을 유유히 달리던 중 갑자기 태순이가 소리친다.

"어머 뒤에 차 한 대가 따라오는 것 같아요. 백미러에 보여요."

"뭐라고?"

소름이 돋는 듯 깜짝 놀란 태호는 어깨를 돌려 뒤를 돌아보았다. 저 멀리 직선길이라 대략 1000m 정도 떨어진 곳에 승용차 한 대가 같은 방향으로 오고 있는 듯했다.

"정말이네. 멀리 보이지만 차가 맞는 것 같아."

태호는 혹시 신기루 현상이 아닌지 자신의 눈을 부비고는 뒤 창문을 통하여 다시 한 번 응시해 보았다. 쾌청한 날씨인지라 지면엔 약간의 아지랑이 현상이 있는데, 코너를 돌아 뒤를 다시 확인하니 500-600미터 정도의 좀 더 가까운 거리로 좁혀져 달려온다. 은빛 벤츠 같았다.

"차를 세워볼까요?"

"아… 아냐… 계속 달려. 혹시나 깡패가 탔다면 우리 곤란해져."

"그리고 말야. 그렇지 저 보이는 데서 빠져나가자고 좀 빨리 밟아. 그래 그렇지."

태순의 차는 고속도로에서 빠져나가고 쭉 뻗은 거리로 빠르게 달아난다. 은빛 승용차도 태호의 뒤를 따라 회전하며 거리로 따라 나오는 듯하다.

"우회전 해. 그래 빨리. 다음에선 좌회전. 계속 지그재그로 가라고."

정신없이 5분 정도 이리저리 달리다 보니 은빛 차는 일단 시야에서 사라지고….

"됐어 이젠 옆길로 틀어 그리고 다시 우로 좌로…."

주택가로 들어섰는데 미국이라 골목길은 아니고 한국으로 치면 4차선 길이다. 5분에서 10분 정도를 정신없이 더 이리저리 돌다가

"저기 저쯤에서 세워."

태순은 끼익 소리나게 브레이크를 밟고 차를 세웠다.

"야… 태순 씨 정말 운전 잘하네. 내리자고 그리고 저쪽으로 피하자고."

두 사람은 차에서 100여 미터를 달려 담벽 뒤로 몸을 숨기고 차 쪽을 살펴본다.

"아이 숨차. 왜 그리 서둘러요?"

"생각해봐. 만에 하나 저 속에 총을 든 악당이라도 있다면 어찌 되겠어?"

"미국에 깡패 없어요. 좋은 사람이라면 이런 때 정말 서로 도와야지요. 너무 겁을 먹으시는 것 같아요"

"내가 신경과민일 수도 있지. 여하튼 좀 지켜보자고."

태호 자신도 다시 생각해보니 왜 그렇게 기적과 같은 찬스에서 도망쳐 나왔는지 모를 일이었다.

그동안 얼마나 기다리던 순간이었는가… 몇 개월 만에 살아있는 사람을 앞에 두고 겁에 질려 뺑소니를 쳤으니….

"그래 내가 왜 그랬지?"

"맞아 내가 미국 범죄물이나 스릴러 영화들을 너무 많이 본 모양이야."

"그래서 낯선 곳에서 만난 사람이 반갑지가 않고 오히려 두려웠던 거야."

"저 LA에서 20년간 살았지만 예의에 벗어난 사람들을 별로 보지 못했어요."

"그래 그렇겠지… 하지만 지금은 사정이 다를 수 있어. 경찰이 있나? 법이 있나? 아무런 공권력이 없지 않아? 피해를 당해도 도와줄 사람이 없어."

"아무튼 그 사람이 누구였을까? 설마 헛것을 본 건 아니었겠지?"

"둘이 같이 보았으니 헛것은 아닌 듯해요."

"그렇다면 이 LA에 태순이 말고 또 한 사람이나 두서너 명이 더 존재한다는 뜻이네?"

"반갑기도 하지만 왠지 무섭기도 하구만. 아무튼 좀 긴장을 하는 것이 좋겠어."

30여 분을 멀리서 지켜보다가 두 사람은 서서히 차 쪽으로 걸어갔다. 정신없이 지그재그로 돌아와서 다시 되돌아가는 길이 그리 쉽지는 않았지만 결국 고속화 도로로 진입하였고 태순의 집으로 향하였다.

태순의 집은 생각보다는 다소 오래되고 조촐한 작은 아파트였다. 두 사람은 점심을 간단히 먹고 커피를 마시며 거실 소파에 앉아 창 밖을 보며 이야기 꽃을 피웠다.

"그래 그동안 미국 생활은 어땠어? 재미있었겠지?"

"Oh no… 미국 생활 정말 심심해요."

"왜?"

"개인주의라 저녁이면 다 집에 들어가 버리고 거리는 조용하고 한국 사람들 만날 수 있는 장소는 일요일 교회가 전부예요."

"그래… 돈은 좀 많이 저축했겠네?"

"저축… 오 저축 꿈도 못 꿔요. 세금 내고, 할부금, 집 월세 내면 빠듯해요."

태호는 오른팔로 태순의 어깨를 정답게 감아주었다.

"손이 아직도 이쁘네… 간호사 손은 소독약이니 비누질로 쉽게 망가지는데…."

"전 신장 이식 코디네이터를 해서 환자 볼 일은 별로 없었어요."

"그랬군… 다행이야."

태호의 오른손이 태순의 셔츠 속으로… 그리고 브래지어 안으로… 태순은 별로 놀라는 기색이 아니었고, 뭉클한 젖가슴의 감각이 손바닥에 전달되자 입맞춤을 하면서 단추를 하나씩 벗겨 내렸다.

"어머 서두르시네. 저녁에 해요. 지금 환한 대낮인데."

"대낮이면 어때 누가 볼 사람도 없는데."

"잠깐 나 약 하나 먹어야겠어."

"무슨 약을?"

"응 발기약."

"발기약? 호호… 그걸 왜 먹어요?"

"이제 내 나이가 몇이야? 되었다 안 되었다 하거든. 오늘 우리 첫날밤을 망칠 순 없잖아"

"호호… 그러세요. 미국 사람들도 많이 먹는데요."

태호가 약을 찾는 동안 태순은 안경을 벗는다. 그래 안경을 벗으면 여자는 나의 치부를 잘 볼 수 없지만 난 그녀의 아름다움을 마음껏 감상할 수 있지.

그런데 태순은 멀리 놓인 의자에 상의를 벗고 브래지어 그리고 바지 팬티를 쉽게 벗어 내린다.

아… 옷은 내가 벗겨 보고 싶었는데… 속으로 약간의 아쉬움이 인다.

태순은 침실의 침대 위에 눕고 태호는 그녀의 유두에 입을 맞추고 다른 한 손은 허리선을 따라 내려가며 둔부와 두툼한 허벅다리로 향하고 두 사람의 격렬한 입맞춤이 시작되었다. 아직 약기운이 돌 시간이 아니였지만 만족스러운 첫 성교가 이루어졌다.

두 사람은 그동안의 긴장이 풀렸는지 낮잠에 잠깐 빠지는 듯했고 30여 분 쯤의 숙면 후 눈을 뜬 태호는 옆에 누운 태순의 어깨를 감아 안고 몸을 밀착시킨다.

"아…오랜만에 잘 잤네. 어때 좀 잤어?"

"아니요. 이상하게 자다 깨다 옆에서 보니 아이같이 잘도 자시데요."

"선생님 사모님은 어떤 분이셨나요?"

"왜 갑자기?"

"흥미로울 것 같아서. 이제까지 제게 한 번도 그런 이야기는 안 하셨는데."

"세상살이… 때론 서로 모르는 것이 더 신비한 것인데….”

"아이 그러지 말고 재미있게 이야기해주어요. 시간도 많은데."

"그래… 하기야… 이제 다 지난 일이 되어 버린 거나 마찬가지니까. 와이프… 성격은 태순이하고 닮은 점도 많은 것 같아. 적극적인 편이였다고 할까."

"서로 잘 어울리셨나요?"

"완전 취조군 그래? 하하. 꼭 순탄치만은 않았지. 티격태격도 많이 하고."

"왜요?"

"뭐 사소한 의견 차이였다 할까? 그런데 한 번 위기가 왔지."

"어떤 위기?"

"글쎄 우연한 기회로 와이프의 혼전 애인이 있었다는 걸 알게 된 거야."

"그래서요?"

태순은 호기심이 발동하였는지 태호의 가슴에 손을 얹고 예쁜 눈을 반짝인다.

"다 그런 것 아냐? 그렇지만 당시에는 엄청난 쇼크였어. 겪어 보지 않은 사람은 그 심정 모르지, 한동안 이혼도 생각했지."

"그런데 어떻게 이혼을 안 하셨나요?"

"이혼이 쉬운 일인가… 아이들도 있고. 이미 과거 일인데… 그래서 용서하기로 작정했지."

"용서요? 누가 누굴 용서하나요? 남자가 여자를? 그건 용서가 아니고 타협한 것이 아닐까요?"

"그래? 그 말도 듣고 보니 맞는 말이네."

"용서란 사람으로선 할 수 없는 거라 생각해요."

"솔직히 말해 그때 집사람을 내치고 태순이와 재혼할 생각도 했었지. 지금 처음 말하는 거지만."

"그때 말하시지. 제가 심적으로 많이 위로해드렸을텐데… 그런데 말이지요 잘하셨어요."

"용서는 사람이라면 할 수 없는 것이고, 예수님만이 할 수 있는 거래요. 만일 진정으로 용서하였다면 당신은 예수님을 정말 보게 된답니다."

"용서란 사람이 할 수 없는 것이다. 진정한 용서는 예수님만이 할 수 있다."

"그 말 멋있는 말이네. 내가 꼭 기억하지."

"그런데 태순이는 정말 이제까지 결혼을 안 한 거야?"

"글쎄요. 사실 결혼에 실패했지요."

"그래?"

"10여 년 전 이곳에 사는 교포와 결혼했다가 이혼했어요."

"보기에는 멀쩡한 사업가였는데, 도박에 미쳐 나중에는 제 돈까지 축냈고….”

“저런… 그래… 지금은 안 만나는 거야?”

“보기도 싫은데 이젠 세상에서 영원히 사라진 거겠지요.”

“알겠네. 혹시 우리 올라올 때 뒤따르던 차가 그 사람 것은 아니였겠지?”

“어이쿠 무서운 소리. 치가 떨려요.”

“아무튼 그런 사연이 있었구만… 그럼 아이는 없었고?”

“안심하세요. 아이는 없었어요.”

“그러고 보니 우리 둘 다 시련이 좀 있었네.”

“하기야 마냥 행복한 사람이 어떻게 인생을 알겠어? 쓴맛이야말로 진정한 맛이지.”

“그런데 왜 하필 우리 둘만 세상에 남은 거지요? 우리 사주 팔자가 센 건가요?”

“아니야 우리 기가 센 모양이야, 그래서 두 사람의 기가 모인 거지.”

“정말 같이 들리네요.”

“그럼 그렇지 않고서야 어떻게 이렇게 이역만리 떨어진 곳에서 다시 만날 수 있겠어?”

"그런데 태순이는 내가 무어가 좋아서 날 못 잊은 거지?"

"20년 전 둘이 호숫가를 거닌 적 생각나요?"

"그래 생각나."

"따스한 봄날. 들에는 분홍색 꽃들이 피고 둘은 소나무 숲을 걸었지요. 그리고 우린 풀숲에 누웠고 선생님은 저에게 첫 키스를… 전 항상 잊지 못했어요. 그때 보았던 선생님의 갈색 눈동자가 신기했어요."

"그래 나도 생각나네. 내가 태순의 혼을 빼놓았다니 못 할 짓을 했구만. 미안."

"선생님은 저의 어떤 점이 좋았나요?"

"그걸 꼭 수학처럼 말할 순 없지만, 내겐 너무 매력적이었어. 난 이상하게도 안경 쓴 여자에게서 이지적인 느낌을 많이 받았지."

"그게 다인가요?"

"아니 그 모든 것."

"정말?"

"그… 럼…."

"이젠 첫사랑 이야기 해주어요."

"첫사랑? 난 그런 것 못 해봤는데."

"거짓말하는 거 얼굴에 다 나타나는데. 말 안 하면 꼬집을 거야."

그녀는 태호의 젖꼭지를 쥐고 틀으려 한다.

"알았어 알았어. 음 첫사랑은 정말 없었고 그래 그게 짝사랑이었는데… 학창시절 등굣길에서 자주 마주치던 아가씨가 있었지."

"그래서 만났나요?"

"아냐. 내가 너무 숫기가 없어서 흘끔 몰래 쳐다보기만 했지. 혹시나 내 쪽으로 고개를 돌리면 난 무심한 듯 반대 방향으로 고개를 돌렸지."

"어머 왜 돌렸어요?"

"몰라서 물어. 새파란 나이에 간이 콩알만 했으니까 그랬겠지, 그래도 그땐 말을 건넬 수는 없었지만 시인이 되더라고… 그때 쓴 자작시가 지금도 생각나네, 들어봐요… 제목은 그리움이였고…."

나의 마음

그렇게 헤매이다

그 그리움을 뿌릴 것이요

내 가지 못함은

그대 잊음이 아니니

그대 그리움

여기에 뿌리고 있을

따름입니다.

당신이 오지 못함은

잊음이 아니건만

나의 마음…

그렇게 헤매이다

그 그리움 꿈이 됩니다.

"그 여잔 선생님의 마음을 전혀 몰랐나요?"

"글쎄… 모르지… 여자에겐 육감이 있다는데…."

"지금은 어디에 사나요?"

"서울에 살았지만 지금은 어찌 됐는지…."

"그분 예뻤어요?"

"음… 그래… 예뻤다고 보아야겠지."

"왜 말을 빼시나. 정확히 말을 못 하고. 그럼 저 예뻐요? 누가
더 예뻐요?"

"아… 그거야 태순이보다 더 예쁜 사람 있으면 나와 보라고 그래."

"어이구 이 거짓말. 깍쟁이 선생님."

"아야야"

"막 더 꼬집을 거야."

여자의 본능적인 질투가 샘솟아 오르는지 태순의 손이 태호의 아랫도리를 자극하더니, 이내 남자 위로 올라서며 애무를 시작하자 태호의 거시기에 발기제의 효력이 강력히 뻗치면서 두 사람의 행위가 거칠어지고 태순의 신음소리는 점차 비명과 교성으로 커졌다. 아마 옆집사람이 있었다면 경찰서에 신고하고 police man 이 출동하여 노크를 했을 것이다.

Are You Okay?

다음날 태호는 미국에 사는 친한 친구 몇 명에게 다시 한 번 전화를 걸어 보았지만 역시 아무런 응답을 얻을 수 없었다. 예상대로 그들도 어디로 사라진 게 틀림없다.

두 사람은 낮에 LA의 산타모니카 해변으로 갔다. 광대한 태평양의 물결이 수십 리는 되어 보이는 백사장으로 철썩이고 하늘 위엔 먹이를 찾는 갈매기의 소리가 요란하다. 해변 위로 고급 주택가가 이어져 있지만 아무리 아름다운 집이라 할지라도 그곳은 이제 빈 껍데기에 불과해 보였다.

위에서 보면 단 두 사람만이 홀로 백사장 길을 걸어가는데 기온이 15도 안팎이건만 습기찬 싸늘한 바람이 몸을 움츠리게 만든다.

오누이처럼 태호는 여자의 어깨를 태순은 남자의 허리를 꼭 잡고 끝없이 걸어보았다. 오랜만에 맛보는 안식이었다. 그러나 태호의 마음 한구석엔 시애틀에서 공부하고 있던 막내딸 소식이 너무 궁금하였다. 피는 물보다 더 진한 것이 아니던가?

3년 전 이곳을 딸과 함께 구경하던 기억이 생생한데….

"여기서 시애틀까지 자동차로 얼마나 걸리지?

"글쎄요. 전 한번도 가보진 않았지만 3-4일 걸릴 걸요."

"우리 아무래도 한번 가보자고."

"따님 때문에 그러시는 거죠?"

"그래 빨리 한번 가보고 싶어. 전화는 안 받고 있지만."

"그래요 LA에 지금 꼭 할 일도 없는데 빨리 가보지요. 내일도 좋고 아니면 모레."

"그런데 기상이 안 좋을 수도 있어요. 지금은 겨울철인데. 기상 예보도 들을 수 없으니."

"그쪽은 지금쯤 몇 도나 될까?"

"태평양 연안이라 영하는 아니고 아마 5도 안팎. 아주 춥지는 않을 거예요."

"눈이 오진 않겠네?"

"몰라요. 이쪽 지방도 몇 년에 한 번은 폭설이 올 수 있는데."

"준비는 잘 하고 가는 것이 안전할 거예요."

두 사람은 오후에 외곽에 위치한 대형 마트를 찾았다. 한국에서는 볼 수 없는 어마어마한 규모의 상점에서 식료품과 방한 의류를 담았고 태호는 로프와 점프케이블 그리고 삽도 준비하였다. 또한 여행 중 들을 팝송 CD와 클래식 음반도 여러 개 골랐고 마지막으로 자전거 두 대를 추가하였다.

시내를 돌아다니며 총포사를 물색한 후 그곳에서 권총 두 자루와 사냥총 한 자루도 가져가기로 했다.

"뭐하러 총기는 가지시려는 거예요?"

"응⋯ 긴 여행이니 동물의 습격이나 예상치 못할 상황을 대비해야겠지."

"마음 놓으세요. 미국은 안전한 나라예요. 걱정이 지나치면 노이로제 걸려요. 호호."

"그래 태순이 말이 맞긴 한데… 그래도 준비를 철저히 해서 나쁠 건 없지."

"내셔널 지오그래피에서 보았던 아메리칸 불곰을 언제 만날지 모르는 거잖아? 한국에 있을 때 굶주린 개 떼들이 많았는데 여기엔 별로 없는 모양이야?"

"한두 달은 거리에 몰려다니는 것을 보았는데 아마 그동안 다 굶어 죽은 모양이지요."

"장거리 여행이니까 차 고장이 난다면 우린 완전 낭패야. 만에 하나 산속이나 고갯길에서 멈추는 날이면 고립무원이 되겠지."

"무서운 소리만 골라 하세요. 아이 무서워."

"태순이 자가용 대신 제일 좋은 차로 가자고. 세단보다는 사륜구동의 SUV가 좋을 것 같아."

"그러면 렉서스나 크라이슬러가 어떨까요?"

"그래 맞아!"

"대형 매장을 알아요. 그리 가봐요."

두 사람은 점프 케이블을 이용하여 3개월 동안 주인을 기다리고 있던 차의 시동을 걸었고 만반의 준비를 마친 후 저녁을 위하여 태순의 집으로 향했다.

다음날 아침 날씨는 쾌청했다. 식품과 방한복을 뒷좌석에 싣고 트렁크에는 큰 삽과 플라스틱 통 두 개를 담았다. 예비용 휘발유를 위함이었다. 그리고 루프랙에는 두 대의 자전거를 뉘여 매달았다. 만에 하나 자동차의 시동이 안 걸릴 때에 대비하기 위한 비상 탈출 수단이다. 사냥총은 뒷좌석에 권총 한 자루는 옆구리 혁대에 차고 나머지 한 자루는 글로브 박스 안에 넣었다.

"자 이제 만반의 준비가 되었네. 출발하자고."

"그래요. 멋진 드라이브가 되겠네요. 이렇게 세심하게 준비하셨으니."

"그럼 우리 인생 최대의 낭만과 모험이 시작되겠지, 안 그래?"

"그럼요. 그런데 그 넓은 시애틀에서 어떻게 따님을 찾지요? 내비게이션도 안 되는데?"

"지도로 찾아보는 수밖에…친구가 운영하는 모텔을 먼저 찾아보면 어떤 단서가 있겠지."

"만일 영원히 찾을 수 없다면… 우리 미국 전역을 방랑하며 살아가자고….""

"한국에는 안 돌아가시고요?"

"가면 뭐하겠어. 돌아갈 비행기가 있나? 우리가 꿈꾸던 멋진 신천지에서 두 사람만의 멋진 모험과 사랑을 즐기자고."

"한 편의 영화가 되겠네요. 왕자와 공주? 호호…"

"그럼 이제까지 이런 영화는 없었지. 사라지신 분들 샘이 날 거야."

차가 LA시내를 벗어나 출렁이는 태평양을 끼고 해안도로를 상쾌히 달려간다. 좌측으론 끝없는 모래사장이 우측으론 드문드문 아름다우면서도 소박하고 따스한 느낌의 주택들이 이어져 나타난다.

"아… 여기야말로 파라다이스네. 자 우리 살 집 하나 서서히 골라보자고."

"난 저기 저 집."

"전 저기 저 집도 좋네요."

"그럼 두서너 채 가져 보자. 아니 사계절 철 따라 살게 네 채는 되어야지. 누가 무어라 말할 사람도 없고 간섭할 사람도 없으니 마음 놓고 재미있게 살아 보는 거야."

"이제 우리는 자유인이야… 완전한 자유인이지."

"하하"

"호호호"

태호는 흥에 겨워 노래를 부른다.

"나가자, 나가자, 둥글게 둥글게. 지구는 둥글다."

노래 좀 들어볼까 해서 태호가 마련한 CD를 자동차 오디오에 삽입하자 추억의 팝송이 정겹게 흘러나온다. 매력적인 저음가수 쟈니 캐시의 'I WALK THE LINE', 비틀즈의 'LET IT BE', 사이몬과 가펑클의 'THE BOXER', 시나트라의 'MY WAY', 클리프 리차드의 'THE VISION'.

그리고 다음 CD에선 빌리본 악단의 친숙한 '진주 조개잡이', '언덕 위 포장마차' 등 경쾌한 박자가 차내를 가득 메운다.

다음 CD는 크리스 크리스토퍼슨의 다소 퇴폐적인 곡들이 나온다. 그의 대표작 'FOR THE GOOD TIME'.

"당신의 리본을 풀고 내 옆에 누워 보아요. 그리고 내일 아침까지 우리의 운명을 악마에게 맡겨 보자구요. 난 뭐가 옳고 그른지 신경 안 쓰네. 난 이해하려 들려고 싶지 않네."

점심은 언덕의 길거리에 자리잡고 있는 아담한 찻집에서 바닷가를 감상하며 먹기로 하였다. 음식을 간편히 사 먹을 수 없는 것이 불편하긴 하지만 태순이와 마주앉아 먹는 간이 식사도 일품이다.

밖은 해풍에 싸늘하지만 안에 들어서면 괜찮은 편이다. 한두 시간 가량 쉬었다가 태호가 핸들을 잡고 샌프란시스코를 향해 다시 달렸다.

서두를 필요는 없다. 부산에서 신의주 거리 정도이니까 계속 달린다면 8시간 정도 소요될 것이다.

저녁 황혼이 가까워질 무렵 두 사람은 국도변 하얀색의 소박한 가정집에 여장을 풀었고, 태순과 태호는 황홀한 밤 시간을 보낸다.

어느새 준비하였는지 실크 란제리를 받쳐입은 하얀 몸매 그리고 빨간색 캘빈클라인의 브라와 팬티 속의 검은 음모.

따스한 벽난로의 은근한 불빛 속에서 두 사람의 정열은 불꽃처럼 황홀하게 다시 타오른다.

창 너머 환히 밝아오는 아침 햇살에 두 사람은 곤한 잠을 깨고 오전 11시 넘어 샌프란시스코를 향해 다시 달려갔다. LA 주위로 보았던 열대성 야자나무는 점차 눈에 띄지 않고 소나무 전나무 자작나무들이 나타났고 해안 따라 곳곳에 골프장이 눈에 보였다.

시애틀에 갔다가 돌아오는 길에 또 들렸다 가고 싶어진다.

오후에 들어서 점차 샌프란시스코에 다가갈 무렵 태호는 먼 곳에서 앞서 달려가는 승용차 한 대를 발견했다.

"어라? 우리가 LA에서 보았던 차인가?"

"좀 가까이 가보자고."

약간 속력을 높여 앞 차에 접근해 본다. 지난번 보았던 은색은 아니고 흰색 미국 대형 세단이었다.

"우리가 그랬듯 차야 얼마든지 바꿔 탈 수 있는 법이지만… 이야… 귀신에 홀린 듯하구만."

태호의 차가 거리를 좁혀 나가자 앞차는 의외로 속력을 내어 도망치는 듯하다.

"어허 달아나는 것인가? 왜 그러지?"

"경적음을 눌러 보세요."

"그래 그래… 태호는 클락션을 부드럽게 여러 번 눌러본다. 그래도 앞차의 반응이 없자 비상 쌍라이트를 여러 번 번쩍거려 보았다.

흰 차는 오히려 더 빠른 속도로 간격을 벌리는데….

"우릴 무섭게 생각하는 모양이네요."

"아니 왜?"

"지난 번 LA시내에서 선생님도 도망쳤지 않아요?"

"사람 심리가 다 같은 모양이지요."

"막막한 상황에서 갑자기 마주치는 것이 두렵다 이거군… 우리를 깡패로 아는군."

"그럴지도 모르지요. 선생님은 권총까지 준비했으니."

"여차하면 나도 깡패가 될 수 있다는 말이네."

"설마. 호호…."

"가까운 사람은 더 가까워지고 먼 사람은 더 멀어지는군…."

결국 앞차는 시야에서 점점 멀어져 버렸고 열심히 뒤를 쫓아가는 것이 점차 무서워졌다.

"태순이 말대로 3000만 명에 한 사람쯤이 살아 있다는 말이 맞는 모양이네. 서로 모여 잘 살아야 할 텐데… 겪어보니 그게 쉽지 않겠어. 서로가 경계의 대상이 되었으니 말이야."

두 사람은 휴게소에 잠시 차를 세우고 긴장을 풀었다.

"심심도 하고, 사격연습이나 하고 가자고."

"사격? 호호호… 의사 선생님이 무슨 사격 연습을? 쏠 줄 아세요?"

"그럼, 내가 군의관 시절 장교 중에서 명사수였지. 보병 장교

들도 나만큼 못했어."

"자 저기 위에다 깡통을 몇 개 놓고… 기다려봐. 자, 잘 보라고, 귀 막고 있어."

"탕… 탕… 탕…"

요란한 총성과 함께 총구에서 화약이 뿜어져 나온다.

"어머 잘 쏘시네…."

"그럼, 클린트 이스트우드만큼은 안 되지만 게리 쿠퍼나 아란 랏드 정도는 되지"

"클린트 이스트우드? 나 그 사람 헐리우드에서 직접 본 적 있어요. 별로던데 영화배우래요."

"그래? 멋있는 배우인데?"

"너무 터프하게 생겨서 전 싫어요. 선생님 같은 곱상한 배우가 더 좋더라."

"그래? 게리 쿠퍼는 옛날 배우라 태순이는 잘 모를거야. 예전엔 1대 1 대결이었는데 요즘 마카로니 웨스턴에선 보통 1대 6 정도의 대결을 벌이고도 적들을 쓰러뜨리지."

"태순이도 한번 쏴 봐."

"오우 노우. 싫어 싫어. 호호호. 전 못 해요."

"아냐 필요할 때가 있을지 몰라. 배워서 나쁠 것 없다고. 만에 하나 내가 없다고 생각해 봐. 여자 혼자서도 타개해 나가야지."

"어머 무서운 소리. 전 따라 죽을래요. 호호호."

"자, 이건 서부 영화에 자주 나오는 육연발 권총이고 이건 군대에서 쓰는 12연발 권총이야. 자… 이렇게 꽉 쥐고, 내가 팔을 받쳐줄 테니까. 손가락만 당기라고. 무서워 말고."

탕! 간신히 한 방이 울렸다.

"어머 무서라…."

"잘하네. 자 한 번 더."

"아냐 야야 전 그만… 정말 싫어요. 선생님이나 많이 연습하세요."

태호는 여러 번 사격연습을 하였다.

서너 시경 샌프란시스코로 방향을 가까이하던 두 사람의 차는 시간이 감에 따라 해가 서산을 업고 샌프란시스코의 거대한 야경 속으로 빨려 들어갔다.

다음 날 아침.

두 사람은 바람도 쐴 겸 시내 거리를 돌아다니다가 교회 하나를 발견했다.

"우리 여기 한번 들어가 봐요."

"왜?"

"정확하진 않지만 오늘이나 내일이 크리스마스일 거예요."

"그래 나도 달력에 신경 안 쓴지 두어 달이 되었네."

크지도 작지도 않은 교회인데 안으로 들어서니 난방이 안 된
지가 오래여서 썰렁하다.

태순은 의자에 앉아 잠시 기도를 드렸고 태호는 옆에 앉아 있
었지만 별로 내키지 않은 듯 딴청만 부렸다.

"사람이 없는 세상에 교회가 무슨 의미가 있겠어. 인간들이 없
는 세상에선 예수님 석가님도 힘 못 쓰셔."

"딴소리 마시고 기도 한번 하세요. 우리 사이를 위해서라도."

"그래 그거라면, 아버지 하느님 그리고 예수님 저희 둘의 사랑
이 영원하도록 비옵니다."

"호호호 진심이세요?"

"진심이고 말고, 아침 좋은 생각이 떠오르네. 우리 여기서 정
식 결혼식을 올리자고. 즉석 결혼식을."

"호호호 주례는 누가 보고?"

"저 앞으로 나가보자고."

태호는 태순의 손을 끌었다.

"우리 둘이 제대 앞에 서는 거야. 그리고 웨딩마치가 울린다."

"딴따다 딴따다… 들리지. 저 웅장한 축하의 노랫소리."

"그래요 들리는 것 같기도 하네요. 호호…."

"그러면 결혼선서를 하자고"

"내가 먼저 물어볼게. 신부는 눈이 오나 비가 오나 신랑을 잘 살필 터인가?"

"예 호호…."

"그럼 태순이가 내게 물어봐."

"호호… 신랑은 젊으나 늙으나 태순 씨를 사랑할 것인가?"

"예스 예스 예스."

"호호호…."

"다음은 예물교환이 있겠습니다."

"신랑은 자신의 시계를 신부에게 그리고 신부도 자신의 시계를 신랑에게… 실시."

"호호호…."

"두 사람의 결혼이 이루어졌음을 만방에 선포함 그리고 두 사람은 사랑의 키스를 할 것."

"하하하"

"호호호"

"여하튼 재미있네요. 우리 진짜 결혼한 거예요?"

"못 믿는 모양인데. 자 이제 태순 씨는 나의 진정한 배우자가 된 것입니다."

두 사람은 약식 혼례를 끝으로 감동의 키스를 주고받았다.

그날 오후에 두 사람은 샌프란시스코를 빠져나갔고….

"그 유명한 금문교도 못 보고 떠나네. 돌아오면서 편안한 마음으로 구경하자고"

"저도 가까이 있었으면서 이곳에 온 적이 없었어요."

"그런데 우리 결혼한 것 시애틀에 있는 따님이 알면 어쩌지요?"

"아 걱정할 것 없어. 우리 막내딸은 OPEN MIND를 가진 애야. 아빠를 너무 잘 알고 이해해주지. 서로 말이 통하는 친구 같은 존재야. 만나보면 곧 알게 될 거야."

"태순이가 호호호… 하면 딸내미도 호호호… 할 것이 틀림없어."

"정말이에요? 빨리 만나보고 싶네요."

"그런데 앞으로는 날 선생님이라 하지 말고 자기라고 불러줘요."

"정말? 좀 어색한대요. 호호…."

"난 이제부터 여보라고 부를게. 자 한번 불러볼게. 여… 보."

"징그럽다. 호호… 태순이가 더 좋아요."

"그래? 차차 익숙해지겠지."

그들의 차는 몇 시간을 달려 해질 무렵 해안가의 한 B&BBed & Breakfast 하우스에 도착하였고 그곳에서 하룻밤을 묵기로 하였다. 도로표지판을 보니 오레건주를 지나 워싱턴주에 들어선 것이 확실했다.

다음날 아침 일어나 보니 바람이 제법 강하게 불어오고 바다에는 흰 물결이 거칠게 보였다. 어제까지 화창하던 날씨가 잿빛 구름으로 덮여온다.

"드디어 날씨가 변덕을 부리려 하네."

"그래요. 여기서 좀 더 쉬었다 가는 것이 좋겠어요."

"글쎄… 가는 데까지 좀 더 가보자고. 정 못 가면 중간에 쉴 데는 많겠지."

가스 스테이션에 들려 기름을 충분히 채우고 태호는 하늘을 관찰하며 워싱턴주 시애틀을 향하여 미끄러지듯 아무도 없는 국도를 달려 나갔다.

시야에 록키 산맥의 끝자락인 듯한 꽤 높은 봉우리들이 앞을 가로막는데 비구름과 안개는 산세를 더욱 험하게 만든다. 두 사람을 실은 자동차는 좌우로 빼곡하게 높이 솟은 전나무 숲 사이로 빠져나갔다.

바람이 세지면서 때때로 자동차의 측면을 때려 기우뚱거리게 하고 비바람은 이윽고 진눈깨비로 바뀐다.

"안 되겠네. 미국이 우리에게 본때를 보여줄 모양이야."

"어디 적당한 곳에서 잠시 쉬어가야 할 것 같은데."

얼마 지나자 진눈깨비에서 드디어 눈보라로 변했다.

이윽고 자동차 와이퍼가 열심히 돌아가도 치우기가 바쁠 정도로 쏟아지기 시작한다. 두 사람 다 초행길이라 앞을 장담할 수 없을 것 같았다.

"와우… 이거 진짜 눈보라네. 적당한 곳에서 쉬어가야겠어."

"맞아요. 미국 북서부는 폭설이 잘 내릴 수 있는 곳이지요."

"더구나 제설 작업을 해 줄 사람이 없잖아요."

태호는 운전대를 자신도 모르게 꽉 잡고 금세 눈으로 쌓인 도로 위를 조심스레 전진하였다.

등에서는 식은땀이 흐르고, 자칫하면 이곳에서 고립무원의 상태에 빠질 것 같은 공포가 몰려온다.

"태순이 말대로 내가 너무 서두른 것 같군. 다시 돌아가는 게

낫겠어… 그런데 차를 돌려서 마지막으로 보았던 쉼터로 가려면 또 한 시간. 그것도 쉽진 않겠군."

얼마를 더 가야 눈보라를 피할 수 있는 곳이 있는지 알 길이 없다. 진퇴양난이다. 세찬 바람과 함께 쏟아지는 눈보라는 한국에서 보기 힘들었던 장면. 조금 더 시간이 지나 도로에 눈이 쌓이면 눈덩이에 자동차가 움직이지 못할 것 같다.

그래도 사륜구동의 SUV가 괴력을 발휘하며 눈보라를 헤쳐 나간다.

"오랜만에 눈다운 눈을 보네."

"그래요. 저도 눈 구경 못 한 지가 10년은 넘은 것 같아요."

"그래? 이 눈보라도 어쩌면 우릴 축복하는 눈 축제일지 모르지."

"호호. 해석이 좋네요."

태호의 한 손이 태순의 손을 따뜻이 쥐어본다.

"어머 운전 잘해요."

"운전이 문제인가. 우리의 사랑을 가로막을 건 세상에 없지."

"설혹 눈에 갇히면 그대로 차 속에 있어도 일 이틀은 견딜 수 있을 거야."

떠나오기 전 비상식량과 식수, 모포를 준비하였고 여분의 연료도 뒤 짐칸에 챙겨온 터라 태호의 마음엔 믿는 구석이 있었다.

있는 힘을 다하여 조심스레 전진해 갔지만 점차 길 안내판들이 눈에 가려 잘 보이질 않고 산속 길이라 얼마 있지 않으면 곧 어두워질 것 같았다.

30분인지 한 시간인지 땀을 쥐고 운전하던 중 눈발 속에 좌측으로 큰 호수가 어렴풋이 나타났고 조금 더 가니 역시 좌측으로 하얀 눈에 반쯤 가린 큰 안내판 하나가 나타났다. 태호는 차를 잠시 세우고 차에서 내려 안내판의 눈을 손으로 쓸어내려 보았다.

"어… 아. 여기가! 그래 이 호수가 크레슨트 호수이고 이 안으로 들어가면 유명한 레이크 크레슨트 롯지로구나."

순간 탄성이 절로 터져 나왔고 태호는 흥분하며 곧바로 차 속의 태순에게 달려갔다.

"됐어, 살았다고… 2년 전에 유학중인 막내딸을 보러 왔을 때 여기까지 드라이브했었던 곳이야. 여기서 시애틀까지 두 시간 거리지. 다 왔다고. 제대로 왔어."

기쁨과 함께 태호는 태순을 부둥켜안았다.

태호는 시애틀로 가는 길을 착각하고 있었다. 그들은 좌측으로 꺾이며 산림인 올림픽 내셔널 파크 속으로 진입한 것이다.

아직까지도 소식이 감감한 막내딸과 친절하게 여기까지 손수 운전하며 구경시켜 주었던 교회 장로님, 조 장로 부부의 얼굴이 스쳐온다.

"아 무사히 잘 계셔서 꼭 보고 가야 할 텐데….."

"폭설 속에서도 제대로 길을 찾아 여기에 도착한 것은 행운이야 이 일대를 올림픽 내셔널 파크라고 하지. 이건 굉장히 큰 호수야. 이 숲 안으로 이삼백 미터 들어가면 호숫가에 레스토랑과 숙소를 겸한 멋진 숙소가 있어. 이곳에서 눈을 피하고 며칠 지낼 수도 있지. 자 안으로 들어가자고."

백설에 싸인 소나무, 전나무 숲길로 들어가니 곧 눈을 다 빨아들이고 조용히 쉬는 듯한 자태의 큰 호수가 한눈에 들어왔다.

"오우 뷰티풀… 멋져요."

"정말 아름답고 조용한 호수야. 내리자고."

그렇게 줄기차게 내리던 눈발도 호흡을 가다듬는 듯 잠시 주춤해졌다. 두 사람은 자동차 의자에서 꼼짝 못 하고 긴장했던 탓에 내리자마자 목을 돌리며 허리를 굽혀 펴보고 심호흡으로 심산유곡의 신선한 공기를 마음껏 들여마셨다.

"왜 호수 이름이 초승달이지요?"

"글쎄. 나도 확실히 물어보지는 않았는데 아마 초승달이 뜨면 더 아름다운 호수인 모양이지… 그런데 한 아름다운 처녀가 자신의 정절을 지키기 위하여 빠져 죽었다는 전설이 있다고 들었어."

"어머 슬픈 사연이 있는 호수네요."

"저길 봐. 저 큰 건물이 레이크 크레슨트 롯지야."

"멋지네요. 고생하고 온 보람이 있는 것 같아요."

"평소 같으면 6개월 전에 예약해야 숙박할 수 있을 정도로 유명한 곳이야. 문인이나 음악가 같은 예술가들도 많이 찾아와 일층 라운지나 바깥 테라스에서 그윽한 호수를 쳐다보며 모닝커피를 한잔 하면서 자신을 돌아보는 명소래."

"그래요. 그럴 만한 곳이군요."

하얀 눈 속에 고풍스럽게 서 있는 롯지는 마치 영화 닥터 지바고가 시베리아 벌판에서 잠시 지냈던 별장과 흡사하다. 그러나 크기는 서너 배 더 큰 삼사층 건물이다.

엄동설한의 추위 속에서 지바고는 신생 소비에트 공화국의 혼란스러운 정국을 피해 별장에 칩거했다. 차가운 창가에 어린 김서림을 호호 불어 손가락으로 닦아내며 벌판의 하얀 설경 속으로 헤어져야만 했던 그의 애인 라라를 그리워하고… 이때 서서히 갈대가 흔들리며 시냇물이 녹아내리고 조용히 그러나 확실히 심장 속 박동처럼 들려왔던 노랫소리. 라라의 테마곡. 그 아름다운 소리가 태호의 귓가에도 따뜻이 들려오는 듯했다.

태호는 자신도 모르게 태순의 차가워진 손을 꼭 잡아 본다.

"닥터 지바고란 영화 보았지? 눈 속의 분위기가 딱 그런 느낌이네."

"저도 옛날. 그러니까 한국에서 간호학교 시절 본 것 같아요. 주인공이 꼭 선생님 분위기였는데…."

"정말? 땡큐… 날 알아주는 이는 태순이밖에 없네. 우린 이제 영락없이 지바고와 라라의 운명이 되었어."

태호는 태순의 어깨를 감싸 안았다.

"낭만적이네요. 그런데 두 사람의 사랑은 이루어지지 않았으니 좀 꺼림칙해요. 호호."

"그런가… 원래 소설가들은 진정한 사랑을 잘 이루어지지 않게 하는 못된 버릇이 있지."

"호호… 아무튼 이렇게 하염없이 있으니 좋아요."

"잠깐. 내 갑자기 시 한 수 짓고 싶네. 들어봐. 영어로 하지."

"NOBODY LOVES ME

BUT I HAVE A HEART FOR LOVING YOU

WE WALK ACROSS THE FOREST

COVERED WITH SNOW

THEN WE MEET THE LAKE IN THE COLOR OF MIST

BUT I' VE JUST KNOW ITS ONLY A DREAM

A DREAM OF A DREAMER

"오우… 원더풀… 영어도 너무 잘하시네. 박수…."

태순이 함박웃음을 지으며 박수를 쳤다.

잠시 후 두 사람은 롯지 현관 바로 앞으로 이동한 후 차에서 내리면서 태호는 글로브 박스에 넣어둔 권총을 꺼내었다.

"뭐하러 총은?"

"아니 뭐 심심하기도 하고, 일단은 저 집 속을 확인해 봐야지 않겠어?"

"오랫동안 비운 집이니 혹시 야생동물이라도 있을지 모를 일이야."

"선생님은 은근히 겁쟁이셔. 호호."

"우리 둘만이 있는 세상이니 첫째도 둘째도 유비무환이지요… 하하."

일 층 전체는 로비, 손님용 원탁이 10여 개 있었고 끝 쪽에 안내 데스크, 다른 한쪽으론 스탠드 바 코너, 벽에 진열된 많은 위스키 병들과 잔도 보였다.

현관 입구 가까운 쪽에 벽난로가 있는데 그 앞에 편안해 보이는 소파가 사람을 기다리고 있었다.

그런데 이상한 것은 방금까지도 사람이 있었던 것처럼 샹들리에는 노란 불빛을 따스하게 비추어 주고 난방이 어느 정도 되는 양 춥지 않았다.

"그간 6개월 이상 이곳도 전기가 계속 들어왔다는 뜻이네."

태호는 중얼거리다가 천장을 향하여 큰 소리로 불러본다.

"ANYBODY IS HERE?"

"아무도 없나요?"

2층 3층은 동서남북으로 빙 둘러 객실이 있고 가운데 공간이 일 층부터 천정까지 시원하게 뚫린 구조이다. 태호는 위층으로 올라가서 확인해 보고 다시 내려와 긴장이 풀리는지

"그래 역시 아무도 없군. 짐을 내리자고."

밖은 조금 어두워지고 눈발이 다시 굵어지기 시작했다.

"운전하느라 피곤했을 테니 좀 앉아서 쉬세요. 제가 주방을 좀

볼게요."

태호는 벽난로에 다가가 옆에 마련되어 있는 장작을 많이 집어넣고 라이터로 불을 붙였다. 차츰 따스한 불빛과 온기가 전해오자 소파에 기대어 쭉 몸을 펴보니 하루 종일 운전했던 긴장과 피로감이 서서히 풀리면서 졸음이 온다.

2년 전 귀여운 딸과 와이프, 장로님 부부와 함께 이 소파에 앉아 재미있게 이야기를 나누었던 기억이 새삼 떠오르는데….

"태순과의 재회가 너무 믿기지 않고 황홀하여 얼마간 당신들을 깜빡 잊었네… 아…."

갑자기 미안한 마음이 들면서 벽을 둘러보니 금방이라도 그들이 걸어 나올 듯한 착각에 빠진다.

귓가에서

"아빠 정신차려. 나야 나. 진희란 말이야."

"뭐 진희라고?"

뒤를 돌아보니 와이프가 잔뜩 찡그린 얼굴로 노려보며

"잘들 노시네. 잘들 놀아."

"억 아니… 당신… 살아 있었구려. 얼마나 찾았는데."

"그래 내가 없으니 그렇게 좋아. 에이 우라질."

태호는 소파에서 황급히 일어나며

"여보 얼마나 당신과 가족을 찾았는지…정말 애가 탔었다고."

"그럼 무엇하러 여기까지 와서 연애야?"

"아 글쎄… 나 혼자 사는 것이 얼마나 힘들었는지 알기나 해?"

"시끄러."

태호가 아내에게 다가가려 하자 그녀는 뒤로 멈칫거리더니 이내 스텐드 바로 달려가 술병과 잔들을 사정없이 내던지기 시작한다.

"어 어… 이러지 마, 내 말 좀 더 들어보라고."

"악" 이마를 무엇에 둔탁하게 얻어맞고….

"선생님, 선생님! 눈 떠 봐요!"

태순이 태호를 흔들어 깨운다.

"악몽을 꾸신 모양이네?"

"어… 그래… 잠깐 눈을 붙였는데… 꿈을 꾸었나 봐."

"어떤 꿈?"

"가족들 꿈이였던 것 같은데…."

"그래요. 멀리 떨어져 있으니 속으로 얼마나 그리우시겠어요."

너무 생생한 꿈을 꾸고 난 태호는 술에서 확 깨어난 느낌이었다.

"어쩔 수 없지. 지금 이 상황에서 내가 어떻게 하겠어. 안 그래?"

"그런데 주방에 가 보니 어때?"

"오우… 먹음직한 게 많아요. 한 달 이상도 머무를 수 있겠어요. 잠깐 기다리세요. 마저 요리를 마치고 올 테니."

"그래 천천히 해. 난 잠깐 밖에 나가 차와 주위를 좀 살펴보고 올 테니"

밤은 서서히 깊어가고 밖에는 함박눈과 바람이 그치지 않는다. 어디 멀리서, 음산한 늑대의 울음소리도 들리는 듯하는데….

두 사람은 벽난로 속의 흔들거리는 불빛을 바라보면서 따끈한 커피를 홀짝이며 깊어가는 북미의 밤을 만끽하였다.

다음날 아침 어둠이 걷혔지만 눈보라는 뿌리다 그쳤다를 반복했다.

시계는 사오백 미터 정도 호수는 눈안개 속에서 조용히 졸고 있었다. 밖에 나가 걸어보고 싶었지만 앞마당에 이미 삼십 센티미터 이상의 눈이 쌓여 있었다. 그들이 타고 온 차는 완전히 눈 자동차로 바뀌어 서 있다.

"이렇게 눈이 계속 온다면 현관문 열기도 힘들어지겠어. 많은 눈이 녹을 때까지 기다리려면 며칠이 아니라 일주일, 이 주일 걸리겠군."

눈송이 너머 펼쳐 있는 호수를 지켜보며 태호는 어제 잠깐 꿈 속에서 나타났던 딸과 아내를 생각해본다.

"어서 빨리 시애틀에 가서 딸아이를 찾아 봐야 할 텐데….."

어제 꿈속에서 와이프에게 얻어맞은 이마가 아직도 아픈 것 같다. 꿈치고는 너무 생생했었다.

마음이 안타까워지는데 태순이 다가와 따뜻한 커피 한 잔을 건네준다.

"뭘 그리 깊이 생각하세요? 가족생각? 응?"

"맞아. 바쁘다 보니 잊었는데. 조용해지니 자꾸 생각이 나네."

"너무 걱정 마세요. 결국에는 만나게 될 거예요."

태순이 등 뒤에서 태호를 살짝 끌어 안는다.

"다시 만날 수 있다고? 그들은 완전히 사라져 버렸어."

"아니에요. 희망을 가지세요. 그런데 저는… 그러면 다시 헤어져야 하나요?"

"어 아니 우린 다시 헤어질 수 없어. 이제 결코 태순이 없인 살 수 없어."

"그러면 선생님 고민이 되겠는데…와이프 아니면 태순이… 호호호….."

"그러네… 그렇지만 이런 사람 없는 세상에선 한 사람이라도 더 있다면 더 좋지."

"에덴동산이 왜 낙원이었겠어요? 아무도 끼어들 수 없는 단 두 사람의 남녀. 아무리 많은 과일이 있고 따뜻한 나날이였던들 사람들이 하나 둘 모이면 이해관계가 생겨나고, 남자들 사이엔 힘싸움, 여자들 사이엔 질투… 그래서 아담과 이브는 세상으로 팽개쳐져 버리게 되었지요."

"오 맞는 말이야. 나도 꽤 샤프한 사람이라고 자부하는데 태순이의 말에 나 자신이 깜짝 놀라게 되네. 옛날에 내게 했던 말, 지금도 귓가에 맴돌지."

"제가 무슨 말을 했는데?"

"내가 그때 고민하며 말하자 태순 박사가 내게 했던 말. '사람이 사람을 용서한다구요? 그것은 용서가 아니고 잠시 휴전이라고… 용서란 말은 예수님밖에 쓸 수 없는 말이지요. 당신이 진정으로 용서할 수 있다면 당신에게서 예수님을 바라보게 됩니다.' 라고"

"어머 제가 그런 말을… 전 다 잊어버렸어요."

"벌써 20년 전 일이야."

"아 지난번에도 제게 말한 듯해요. 여하튼 선생님은 멋져요. 난 절대 선생님을 놓지 않을래."

"태순 씨 나도 마찬가지입니다. 하하…."

"그래요. 제게 이렇게 멋진 추억은 다신 없을 거예요. 설마 이 행복이 꿈은 아니겠지요?"

눈은 삼 일간 계속 더 내려 결국 현관문이 눈에 꿈적 않게 되었고 일 층 모든 창문은 거의 삼분의 일이 묻혀 버려서 아이스크림 가게의 반쯤 채워진 아이스크림 통 같아 보였다.

눈 폭풍이 가시고 고요한 호수와 롯지에 환한 햇살이 오랜만에 비추기 시작했다.

가끔씩 그들이 묵는 롯지 지붕 위 굴뚝에서 뽀얀 연기만이 살며시 맑은 하늘로 올라갔고 차츰 눈이 녹아내린다. 그러하길 삼사 일….

앞마당과 도로가 운전하기에 지장이 없을 정도가 되어갔다. 다음날 아침 두 사람은 시애틀을 향하여 다시 가기로 하고 짐을 꾸리기 시작했다.

오전 11시경이나 되었을까, 일 층에서 마지막 점검 중이었는데, 갑자기 앞마당으로 웬 자동차 소리가 요란하게 들이닥친다.

깜짝 놀란 태호는 현관문 밖으로 나가보니 막 도착한 대형 픽업 트럭에서 백인 남자 두 명이 내리는데 순간 서로들 얼어붙는 듯한 느낌. 전혀 예상하지 못했던 일이다.

이럴 수가? 몇 개월 만에 사람을? 그것도 두 사람이나?

"Hello! Good morning!"

상대방 미국인이 먼저 손을 흔들자 태호도

"Ya⋯ Good Morning. 어디서 오시는 길인가요?"

"시애틀에서"

"시애틀에서? 사람들이 없는 세상이란 걸 아십니까?"

"아 우리도 계속 헤매고 있는 중인데 댁도 마찬 가지인 것 같네. 여태 사람들을 보지 못했는데, 몇 개월 만에 당신이 처음이야. Are you Chinese? Japaness?"

"Korean"

이때 태순이가 문 밖으로 나타나자

"오우 여자분. 당신들 운 좋으시네."

한 사람은 190센티미터 정도의 거한. 또 한 사람은 태호 정도의 키에 약간 마른 체구. 두 사람은 집 안에 들어오자마자 진열장 속의 위스키를 목마른 듯 잔도 없이 꿀꺽꿀꺽 들이킨다.

얼굴 인상이나 태도가 미국 보통 사람 같지 않고 매우 거칠어 보인다.

태호는 놀라움이 가시면서 이상스럽게 마음에 긴장이 온다.

이 사람들이 혹시 LA에서 뒤따르던 차의 사람들인가….

"서로 그동안 겪은 일을 들어 보자고. 앉으시오."

미국 친구가 말한다.

태호와 태순은 테이블을 사이에 두고 그들과 마주 앉았다.

"댁들은 어디로 가시려는가?"

"시애틀이요."

"시애틀? 거긴 아무도 없어. 죽은 도시야. 우리가 이삼 일 있었는데, Nobody was there"

취기가 도는 술잔은 더 빨리 돌아가고 횡설수설 킥킥거린다.

30여 분간의 넋두리 같은 그들의 이야기가 계속되고 혀 꼬부라진 영어는 점점 더 알아듣기 힘들어졌다.

난감해지는데… 반가워야 할 상황이 재수가 없다고나 할까.

놈들은 태순에게 자꾸 술잔을 권하고 달링이라 부르며 손을 만지려 한다.

"하 이거 어떻게 하여야 하나? 쉽게 보내주지 않을 듯한데."

주사가 점점 심해지지만 상대는 덩치 큰 두 명이다. 머리가 복잡해진다.

태호가 의자에서 일어나자

"어디 가는 거야?"

" 아 예 화장실에 실례 좀."

"그래. 빨리 갔다 와. 워터스프레이 하겠다 이 말이지."

"태호 씨 빨리 갔다 와요."

태순도 긴장하고 있는 것이 역력하다.

"걱정 마. 잠깐이면 돼."

태호는 한쪽 편에 세워져 있던 가방 옆 포켓에서 휴지를 꺼내는 척하며 권총을 살짝 집어 들고 화장실로 향한다.

"휴… 놈들이 눈치채지 못했겠지."

소변을 보고 싶었지만 태순이 걱정되어 권총의 안전장치를 풀고 외투 속 허리벨트에 찔러 넣은 후 큰 숨을 한 번 쉬고 서둘러 되돌아갔다.

심장 고동이 쿵쾅거린다.

"빨리 이 자리를 뜨는 것이 상책이야."

태호는 한국말로 태순에게 말하고

"저흰 늦기 전에 시애틀로 가겠습니다."

거북스런 자리에서 일어나려 하자

"어이 왜 이래 좀 더 이야기하자고. 뭐 그리 서둘 필요가 있는가?

시애틀엔 개미새끼 한 마리도 없어. 우린 서로 같이 도우며 살아야 해."

"알겠습니다만 우리는 그래도 시애틀에 가서 찾아보아야 할 사람들이 있습니다."

"그래? 그러면 우리도 같이 가줄까?"

"감사하지만 우리가 해결해야 할 문제입니다."

"그래… 그런데 말이야. 이제 세상에 여자 하나에 남자 셋이야. 무슨 뜻인지 알겠어?"

"너만 가질 수 없을 것 같은데."

상대의 험한 말과 표정에 섬짓한 두려움이 인다. 섣불리 행동했다가는 덩치 큰 두 놈에게 어떤 봉변을 당할지 모른다. 짧은 순간이 몇 분은 되는 것 같았다.

태호는 잘 알아듣지 못하는척 하면서 의자에서 일어나

"태순이 우리 가자고."

말하며 그녀의 손을 잡으려는 순간, 옆에 앉아 있던 마른 녀석이 덥석 태순의 다른 쪽 손목을 꽉 붙잡으며 킥킥댄다.

"어머 이거 놔요."

"어이 아가씨는 앉으라고 히히… 갈려면 네 놈만 가면 그만이
지 히히히…"

태호는 미간이 심하게 일그러지면서 심장이 다시 쿵쾅거리기
시작했다.

"정말 이러실 건가?"

"그럼 어떻게 하겠다는 건가?"

덩치 큰 녀석이 여유롭게 일어선다.

태호 앞에 우뚝 선 거한의 거만하고 게슴츠레한 모습은 무서운
아메리카 불곰이다.

머리가 핑 돈다. 태호로선 감당하기 어려운 상대이다.

상대방의 위세에 태호는 주춤주춤 몇 걸음 뒤로 물러났지만 감
내하기 어려운 분노가 끓어오르고… 그리고 옛날 연비관 합기도
사범의 가르침이 섬광처럼 스쳐 지나갔다.

"버거운 상대를 만나면 적의 급소를 쳐라."

일이 미터 정도 앞에 버티고 서 있는 사내를 향하여 태호는 번
개같이 오른손 손가락 두 개를 벌려 상대의 양 눈을 찌르고 구둣

발로 놈의 낭심을 급습했다.

"어이쿠… 이 자식이….”

상대는 소리를 지르며 몸을 움츠리는 듯했지만 잠깐 사이 다시 일어난다.

너무 급하게 서둘렀던지 정확한 과격이 안 되고 눈 주위에 약간의 상처와 발길질은 놈의 두꺼운 뱃가죽에 가벼운 충격을 주었을 뿐이었다.

"너 죽었다 이 자식아.”

화가 치민 불곰이 무섭게 고함쳐 온다.

성이 난 불곰은 거대한 프로레슬러처럼 태호를 향하여 달려들어오지만 너무 덩치가 커서 양팔을 세우고 힘만 믿고 뛰어드는 상대를 향하여 태호는 살짝 옆으로 비키며 옆차기로 놈의 옆구리를 있는 힘을 다해 가격한다.

Kidney blow가 되었는지 "악”하며 불곰은 몇 미터 뒤로 나뒹그러진다.

태호는 아직도 태순의 손목을 꽉 잡고 있는 마른 놈을 향하여 돌진하는데

"권총이 바닥에 떨어졌어요.”

태순의 비명이 들린다.

순간 고개를 돌려보니 발길질 중에 혁대에 꽂아둔 권총이 바닥에 떨어져 나가 있었고, 불곰이 일어나 그 권총을 쥐려고 질주. 태호가 몸을 날려 슬라이딩하며 총을 손에 쥐는 순간에 녀석이 거대한 군홧발로 태호의 얼굴을 짓이기려고 공중으로 다리를 세워 들었다.

순간 "탕… 탕…."

거대한 대포소리가 롯지의 온 내부를 흔들었다.

태호는 놈의 사타구니를 향하여 방아쇠를 당겼고, 총구에서 불이 튀자마자 상대방은 피투성이가 되어 쓰러지고 태호의 얼굴과 온몸에 피가 튀었다.

"안 돼…."

놀란 태순의 외마디 소리.

덩치가 바닥에 누워 버리자 태호는 놀라 있는 다른 놈을 향하여 조준.

"안 돼… 그만…!"

태순이 만류하고…순간 상대는 문을 향하여 황급히 도망간다. 태호는 쓰러진 거한의 상태를 다시 한 번 확인… 즉사한 듯하다.

그때… 탕… 탕… 탕… 연이은 굉음의 총소리가 롯지와 산천을 뒤흔들었다.

"아악…!"

외마디 비명을 지르며 태순이 바닥에 나둥그러지는데 밖으로 도망친 녀석이 차에서 자신의 총을 꺼낸 모양이다.

터지는 소리가 요란한 걸 보니 펌프 연발 산탄총인듯… 현관문이 박살나고, 집 안의 물건들이 산산조각 나면서, 태호도 파편에 상처를 입었지만 태순이 첫발에 중상을 입고 쓰러져 버렸다.

태호는 바닥을 기듯 하여 그녀에게 다가가서 옆으로 쓰러진 몸을 바로 누이니 얼굴과 가슴에 흥건한 피가 흐른다.

"아아….."

처참한 절망감과 무서운 분노가 끓어오르고….

"이 자식을 죽여버릴 거야."

잠시 놈의 총성이 주춤… 총알이 다한 모양이다.

태호는 그 순간 부서진 현관문을 향하여 돌진….

"개자식"

고함을 지르며 온몸을 날려 건물 밖 눈밭으로 공중회전 낙법으로 떨어진다.

30여 미터 자동차 앞에서 황급히 재장전하고 있는 놈을 향하여

"뻐킹 유"

무섭게 권총을 발사한다.

상대는 어깨를 맞았는지 움찔하며 총을 떨어트리고 황급히 자동차에 올라 달아난다. 있는 힘을 다하여 쫓아가며 총을 발사하였지만 태호의 총알도 떨어져 버렸다.

헐떡이며 태호는 건물 안에 쓰러진 태순의 곁으로 달려갔다.

팔에 안긴 태순의 상태가 심각하다.

여러 군데 파편에 맞아 피가 흐르고 고통에 떨며 얼굴이 하얗게 변해간다.

"아… 아…"

심장이 찢어지는 듯… 어찌할 바를 모르겠다.

"선생님 전 안 되겠어요. 병원도 없지 않아요? 이게 마지막인 모양이지요."

"아냐 그럴 순 없어. 정신 차려. 나 혼자 어떻게 살 수 있겠어."

"짧게나마 행복했어요. 선생님과 같이 고향에 돌아가고 싶었는데…."

"모든 게 꿈이었는지… 이젠 정말 영원한 이별이네요. 1월 25일 10시 한국에 돌아가는 비행기가 LA공항에 있대요. 그걸 타세요."

"뭐라고? 돌아가는 비행기가 있다고?"

태순의 눈이 감기고 고개를 떨군다.

"안 돼. 안 돼… 죽으면 안 돼!"

태호의 울부짖음은 이승과 저승의 경계… 그 지평선을 넘어 태순의 혼과 함께 메아리쳐간다.

제4장

엘리베이터
Elevator

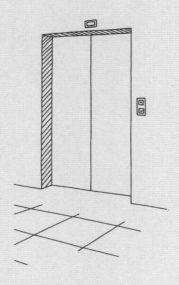

화려한 나들이인듯
침묵의 기도처럼
비처럼 눈이 온다

세상이 하얀 눈에 갇히면
마음이 가난한 나무들
천사의 옷을 입고

먼 산 메아리… 시냇물 소리…
고향처럼 조용한데
다 어디로 갔을까

고궁 돌담길에도
하얀 비단길 열리면
아… 네가 그립다

산 넘고 바다 건너
가장 아름다운 호숫가

그림이 되고

눈, 눈, 눈… 눈을 타고
철새처럼 비상하여
네 곁에 가리라…

태호는 15층 아파트 거실에서 펄펄 날리는 창밖의 함박눈을
바라보며 중얼거린다. 미국에서 되돌아온 지 이제 꼭 일 년이 되
었다.

태순과 만나고 헤어졌던 일이 바로 엊그제 같은데… 꼭 꿈만
같기도 하다.

샌프란시스코 교회당 결혼식에서 서로 바꿔 찼던 시계와 그녀
를 눈 속에 묻고 간직하려 했던 그녀의 안경이 아무리 찾아보아
도 보이질 않는다.

'틀림없이 잘 간직했을 터인데, 어디로 갔지…?'

어린 시절, 꿈속에서 가지고 놀던 좋은 장난감을 깨고 나서 몹
시 서운해하던 심정이다.

'그렇다면 미국에서의 여행이 혹시 내가 꾼 꿈이었나? 그럴 리가?'

'그때 난 극심한 폐렴증세에 비몽사몽이었는데….'

CD플레이어에 클리프 리차드의 음반을 넣고 틀어보았다. 간절하고 아름다운 사랑의 노래.

비전VISION… 깊은 음향이 실내를 파도가 쳐오듯 슬프게 메운다.

숨 가빴던 총격전과 태순을 부둥켜안고 통곡했던 그 장면이 눈앞에 다시 다가오며 태호는 고개를 떨구고 눈시울을 적신다.

그간 지낸 일 년은 마치 악몽과 같았는데….

지하 슈퍼엔 과일, 야채, 고기 등 신선한 음식거리가 사라진 지 오래되었고 그래서 매일 매일을 깡통음식으로 지탱해 나가는데 이젠 먹는 일이 정말 지겨워졌다.

가공한 제품 말고 금방 따 온 것이 절실하게 그립다.

뜨거운 사막에서 물 한 모금 그리운 듯….

봄이 되면 아파트 뜰에라도 채소를 길러야 하겠지만 씨앗을 파는 상점을 평소에 알아둔 적이 없어 한참 찾아야겠고, 뿌리고 가꾸는 방법을 모르니 쉽지는 않을 듯하다. 슈퍼의 한구석에 쌀부대는 아직도 많이 쌓여 있다. 그러나 언제 변질이 될지 의구심이 든다. 이곳 슈퍼의 식품은 다 먹어 치웠기에 이젠 먼 곳으로 출장을 다니며 구해온다.

세상 사람들이 다 없어지고 사라져버린 상황에서도 여전히 전기와 수도는 계속 들어오고 난방이 작동되는 것은 참으로 다행스럽지만 아직도 그 이유를 모르겠다.

주유소의 휘발유는 태호가 평생 쓸 수 있을 만큼 저장되어 있을 것 같은데 자동차가 언제까지 고장 나지 않고 버티어 줄지가 제일 큰 걱정이다.

그때는 아마 그걸로 그의 마지막이 될지도 모른다.

사방에 주인 잃은 수많은 차들이 즐비하지만 이젠 배터리가 방전되어 모두 쓸모가 없게 되었다.

어느 날 태호의 차가 갑자기 서 버린다면 오도 가도 못하게 될 것이고 아찔한 곤경이 닥치겠지… 그래서 그는 뒤 트렁크에 자전거를 매달고 다닌다.

일 년 전 미국에서 태순이가 머리칼을 다듬어주었으나 그 후론 이발이란 것이 불가능했다.

가끔 거울을 보고 가위로 대충 다듬었을 뿐이다.

앞머리가 눈썹을 가리지 않았지만 뒤쪽은 어깨를 넘어섰다. 제멋대로 자란 장발이 예술가 모습을 넘어 수척하고 거무스레한 철학자를 연상케 한다.

샤워는 가끔 하는 편이지만 빨래는 갈수록 나태해져 내복은 2-3주에 한 번 갈아입고 겉옷은 한 달 이상 걸치고 다니니 홀아비보다 더 못한 신세가 되었다. 그래도 가끔 땀냄새를 습관적으로 '킁' 맡아 보긴 한다.

잠자리 이불을 빨았는지 안 빨았는지 잘 생각이 안 나는데 여름철이야 문제가 없겠지만 겨울엔 잠자리에 들면 이불자락에서 촌 냄새가 코 끝에 진동한다.

집안 청소도 나태해져 요즘은 일주일에 한 번 하면 잘하는 편이다. 누가 그리워서 그런지는 몰라도 가끔 아침 새벽에 발기하는 페니스는 아직 태호가 살아 있다는 유일한 증거이며 위안이 되었다.

그래도 세 끼는 먹어야 하는 습관이라서 다람쥐 쳇바퀴 돌듯 조촐한 상을 차린다.

전기밥솥에서 퍼온 쌀밥 한 그릇과 여기저기 슈퍼에서 모아온 깡통 먹거리… 마누라가 해 주던 콩나물국, 된장찌개, 미역국이 자꾸 생각이 나고 소문난 음식점에서 사먹던 삼겹살이나 로스구이가 간절히 먹고 싶어진다.

달력을 확인하던 습관이 언제부터인가 깜박하고 이제는 오늘이 정확히 몇 월 며칠인지 모르게 되어 버렸다. 꽃이 피면 봄이며, 무더우면 여름, 단풍이 들면 가을, 눈이 내리면 겨울로 안다.

"아… 언제까지 이런 생활을 이어가야 한단 말인가?"

"어디 몸이라도 아프게 된다면 낭패가 아닌가…."

요즘 잠잠하던 치통이 찾아오는데 평소 잘 다니던 C치과 같은 주치의가 없으니 마음이 크게 불안해진다.

'제발 아프지 말아야 할 텐데….'

'에이… 아프면 차라리 죽는 게 낫겠지?'

'과연 이렇게 살 이유가 있는 것인가?'

태호는 점점 우울증에 빠져 가고 있었다.

가끔 이런 꿈을 꾼다. 암 병동에 입원해서 자주 오던 친구, 친척들이 하나 둘 안 보이고, 어느 날 갑자기 가족들이 외국으로 다 가버렸다고….

늦은 오후, 커다란 창가에 하얀 커튼이 바람소리에 펄럭이며 그 사이로 눈부신 뿌연 햇빛이 유령처럼 태호의 시야를 가려 버린다.

'내가 사람들로부터 떠나가는 것이 죽음이라면, 나로부터 사람들이 다 떠나간 것도 죽음이려니… 그렇다면 지금 나는 죽음의

세계에서 이렇게 돌아다니고 있는 것인가…?'

태호는 다시 한 번 자신의 팔 다리를 꼬집어보았다.

"이 세상에 나 말고 딱 한 사람만이라도 살아 있다면, 서로 큰 도움이 될 텐데….."

이것만이 태호의 유일한 소망이며 희망이 되었다.

"돈도, 섹스도, 명예도 다 무슨 배부른 소리였던가…."

"아 사람이… 사람이 그립구나….."

미국에서의 행복과 악몽이 떠오른다.

"남자와 여자가 만나면 자석의 S극과 N극처럼 철썩 달라붙는데, 남자끼리 만나면 왜 서로 배척하고 다투어야만 했던 것인가?"

진짜 말 한마디 나눌 사람이 없다.

가족이 언젠가 나타나 주길 바라던 희망은 벌써 포기했고 태순과의 만남도 순간에 물거품이 되어 버리지 않았는가….

말할 상대가 없으니 조금 더 지나면 목소리가 영구히 퇴화되어 버릴 것 같아진다. 발성을 잃어버리지 않기 위하여 자주 노래를 불러 보지만 점차 흥이 나지 않고 오히려 더 슬퍼지고 외로움이 엄습해 왔다.

노래를 부르다 보면 목이 메어 버리고 결국 석양의 노인처럼 눈물을 흘리게 된다.

혼자 할 수 있었던 유일한 운동인 골프 연습도 흥미가 사라진 지 오래다. 체력 유지를 위해 조깅도 생각해 보지만 허허벌판에서 무엇을 위하여 뛴단 말인가? 나 홀로 오래오래 건강하게 살기 위하여?

가까운 앞산에 단풍이 새빨갛게 물들었지만 도무지 올라갈 마음이 들지 않았다. 도심보다 더 적막한 산 속에서 무슨 방황을 하겠단 말인가.

히말라야 정복도 내가 아니라 네가 있기 때문이었는가? 멋진 굿샷도 네가 없다면 공허한 허공의 장난일 뿐이리. 황홀했던 음악 감상도, 그림 그리기도 허무할 따름이고, 책을 읽는 것은 더더욱 부질없는 일이 되었다.

"아… 아… 나에게 이게 무슨 날벼락이란 말인가."

태호는 이상스럽게 분통이 터져 밖을 향해 자주 고함을 질러본다.

"잘 먹고 잘 살아보자… 아아… 세월은 잘 간다. 히히… 허허… 누가 있으면 나타나 보라구… 흑… 흑…. "

자신이 이 세상에 홀로 되었다는 사실에 처음엔 당황하고 불안

하였지만 이젠 점점 슬프고 화가 치밀어 오르고 있었다.

대통령 얼굴을 못 본 지가 어언 일 년 반이다.

매일 밤 텔레비전에서 뉴스시간이면 제일 먼저 나오는 분인데 지금은 어디서 무얼 하는지 모르겠다.

방송이 끊긴 지가 오래이니 살아 있는지 죽었는지….

유명했던 여당, 야당 정객들도 사라졌고 장관, 법관들도 보이질 않는다. 영·호남 강아지 싸움과 좌빨, 우꼴들의 으르렁대는 싸움은 아련하기만 할 뿐이다. 그 유명한, 세계를 움직이던 미국 대통령도 볼 수 없다. 유수한 대기업들은 다 문을 닫았고, 상점엔 먼지만 쌓여 가는데 가까운 은행, 구청, 경찰서에도 발길이 끊긴 지가 오래이다.

학교엔 텅 빈 운동장만 덩그러니 놓여있고, 재잘대던 수많은 아이들이 눈에 어른거린다.

인근 사찰, 교회, 성당에도 사람 그림자조차 찾을 길이 없다. 예수님, 부처님은 안 나와도 하느님oh my god!은 자기도 모르게 부르짖는다.

사람 비슷한 인적이라곤 태호의 그림자밖에 없는데, 하루 종일 걸어도 맞아주는 것은 빌딩과 산천뿐이다.

태호를 간섭할 것은 아무것도 없다.

국제, 국내 정치와 화폐 물가가 사라졌고, 모든 사회기관과 종교단체도 유명무실해져 버린 것이다.

"나를 도와주고 얽매이던 그 모든 관계는 다 어디로 갔는가? 해방은 해방인데, 날 알아줄 사람도, 내가 알아주어야 할 사람도 없구나."

태호에게 즐거운 일도, 화날 일도, 사랑할 일도, 즐길 일도 없다.

이제 인간들의 소리가 다 사라지자, 지구의 자전 소리가 점차 들려오고 있었다.

"산은 산이요. 물은 물이라고 누가 말하였던가?"

"명사는 그대로 있지만 형용사는 고무줄 같은 것인가?"

돌이켜 생각해보니 다 같은 사람이건만 가까운 가족들은 형용사의 최상급에 속했었고, 주위 친지들은 비교급에 속했던 것이며, 모르는 먼 나라 사람들은 원급에 속했던 것이다.

"누가 인생은 슬프다, 즐겁다라고 단정지어 말했던가."

"인간이 만들어 낸 모든 문명과 문화도 결국은 서로의 관계에서 이루어진 것이었구나."

사람들의 수가 많아질수록 역사도 복잡해졌다.

정치는 관계를 정립하는 것이요, 경제는 관계를 유지하는 것이며, 사회는 관계를 교정하는 것이고, 문화는 관계를 아름답게 하는 것이었다.

"우주라는 거시적 세계에선 광속만이 불변이라는데⋯ 질량과 시간은 절대적인 것이 아니고 광속에 가까워질수록 느리게 가고 무거워 진다고 아인슈타인 박사는 말했지. 인생과 세상에선 관계가 기준이 되겠지. 나와 가까울수록 모든 것은 더 무거워질뿐이다."

어느 날 아침 일어나보니 세상 사람들이 다 사라져 버렸다면, 한동안은 좋아서 죽겠지⋯ 세상의 모든 것이 다 자기 것이니까. 그러나 서서히 모든 것은 휴지조각이 되리라.

"정치, 경제, 사회, 문화⋯ 희로애락⋯ 생로병사⋯ 무슨 의미가 있을까? 모든 존재엔 절대적인 무게가 없고 관계 속에서만 가치가 이루어지는 상대적인 것이었구나."

태호는 깊은 시름 속에서 헤매면서, 웅웅거리며 시끄러워지는, 지구가 돌아가는 소리와 함께 무엇인가를 깨달아 가기 시작하는 듯했다.

춥고 음울했던 겨울이 지나가고 다시 봄이 왔다. 어둠 속에서 뒤척여야만 했던 밤이 지나, 새벽이 밝아 오고 낮이 오면 마음이 밝아지듯, 태호의 근심과 걱정은 다소 진정이 되어갔다.

그의 몰골은 더욱 흉물스러워졌다.

두발은 많이 자라 뒤에서 보면 여인처럼 등을 덮고, 수염도 깎지 않아 턱수염이 한 움큼이 되었다. 정신적 고통 때문인지 흰 머리도 눈에 띄게 늘어났고, 얼굴은 시커멓게 그을려있다.

자신의 모습을 아는지 모르는지… 그래도 태호의 마음은 훨씬 밝아져 갔다.

신선한 먹거리를 찾아 외출 횟수가 잦아지면서 산나물이나 시냇가 봄 쑥을 찾아다니고 냇가에서 송사리, 붕어, 잉어를 잡기 시작했다. 총을 들고 나가 황새나 물오리를 사냥하기도 한다.

곱던 손이 점차 더러워지고 농부처럼 꺼칠해져 갔지만 신선한 식물과 고기를 먹게 되어 다행스럽기 짝이 없다.

산속에서 내려오는 야생동물이 늘어났고, 주인 잃은 들개들이 눈에 띄게 많아져서 식욕을 잃어버린 태호에게 훌륭한 단백질 보충이 되었다.

밤이면 꿈속에서 여러 사람을 만나는데, 그리웠던 사람이나 섭섭했던 사람이 자주 나오고 때로는 전혀 생각지도 못했던 사람도 나타난다.

소싯적처럼 높은 낭떠러지에서 오도 가도 못하고 떨어지는 오금이 저리는 꿈도 있다. 느리게 돌아가는 주먹을 가지고 깡패들과 숨 가쁘게 싸우는 꿈을 꾸고 나면 머리가 깨어질 듯이 아프다.

그래도 태호에겐 그의 꿈만이 잃어버린 세계와 사라져 버린 사람들을 만날 수 있는 유일한 만남의 장소가 되었다.

어느날 밤 태호는 악몽을 꾸었는데, 자신의 몸과 사지가 반역자처럼 줄로 꽁꽁 묶여 뻣뻣해진 몸뚱아리는 흙구덩이 속으로 던져지고 사정없이 철거덕 철거덕 흙 세례가 몰아친다.

"옳거니 저승길은 중앙정보부나 보안사에 잡혀 들어가는 것과 같구나."

이윽고 파란 하늘을 바탕으로 가족과 친지들이 찬송과 염불을 되뇌더니 잠시후 부르릉 차 시동 소리와 함께 멀리 사라져 버린다.

태호 홀로 덩그러니 흙 감옥 속에 무기 징역수처럼 생매장되었는데 시간이 조금 흐르자 징그러운 벌레들… 지네 같은 시커먼 것들이 나타나 태호의 눈동자, 콧구멍, 귓구멍, 입 속으로 스물스물 뚫고 들어와 몸 속을 갉아먹기 시작했다. 뱃속에선 세균 덩어리가 꿈틀거리며 창자를 게걸스럽게 먹어 치우고 비명소리 아

랑곳 않고 여기저기 썩기 시작한다.

"제발 내 아까운 골수만은 침범하지 말거라."

"아… 지나간 지상의 영광이여…."

주마등처럼 스치는 부모님, 아내, 아이들, 친척, 친구들… 아아… 나의 아들, 딸들아… 소리 없이 불러본다.

"부처님, 예수님… 저를 이곳에서 구해 주시옵소서."

불러도 불러도 아무런 응답이 없고,

"그래 이제 한 줌의 흙이나 물방울이 되어도 좋으련만…."

별이 떨어지고 태양이 다시 나타난다.

끝없는 생성과 소멸.

"어디서, 또 누구로, 무엇으로 태어날 것인가? 환란과 전쟁 속에서 아니면 기아와 병고 속에서? 제발 주지육림의 복권 같은 축복과 영광의 망토를 입고 짠!"

이때 "네 이놈"

천둥 같은 호통소리가 들리는데

"너 아직도 정신을 못 차렸구나."

아… 아… 이젠 오진 GOOD BYE… GOOD B… YE….

언뜻 놀라 잠이 깬 태호는 식은땀에 흠뻑 젖어 있다.

무언가 심상치 않은 불길한 꿈이었다.

날씨가 점점 무더워져 갔다.

장마가 오고, 본격적인 무더위가 찾아온 것이다.

고약한 날씨 때문에 밖으로 돌아다니기가 어렵게 되자, 짙푸른 수목과 맑은 개천이 흐르는 강원도가 태호의 눈앞에 어른거리기 시작했다.

계방산 골짜기에 예쁜 집을 짓고 살았던 친구가 생각나면서 보름가량 그곳에 가고 싶어졌다. 물고기도 잡고 산나물, 산열매도 얻을 수 있는 좋은 피난처이리라. 물론 지금 그 친구 내외는 찾을 길이 없다.

친구는 7-8년 전 사업을 정리하고 그곳 외딴 자연 속으로 들어가 일생을 보내기로 하였는데, 젊은 시절에도 사람 만나는 것보다는 전원과 산속을 좋아했다.

강원도 큰 산 골짜기마다 드문드문 정성 들여 지은 집을 볼 수 있는데 하나같이 도시를 탈출하여 사는 사람들이다.

건강, 자연, 무공해, 생존경쟁 탈피 등 이유야 여러 가지지만 결과적으로 그러한 삶도 사주팔자라고 웃으며 대답했던 어떤 여주인이 기억난다.

"사주팔자라….."

참 명답이다. 더 이상의 좋은 대답이 있으랴.

그 친구는 호젓한 곳에서 한 달 두 달 밭을 가꾸고 산속을 오르며 살아도 전혀 도무지 생각이 나지 않는다고 대답했었다. 종종 아는 사람이 방문하고 떠나도 서운한 외로움을 느껴본 적이 없었다고 했다.

'이런 부류의 사람들에겐 외로움이란 존재하지 않는 것인가?'

많은 사람들은 상대적인 외로움과 고독을 의식적으로 무의식적으로 느끼며 살아간다. 그래서 이 친구, 저 친구를 만나야 직성이 풀리는데… 태호에겐 계방산 심산유곡 속에서 전혀 불편하지 않게 살았던 그 친구가 참으로 용하게 느껴진다.

그 친구는 혼자일수록 더 행복하다고 했는데….

'그렇다면 절대 고독이란 존재하는 것이 아닌가? 인간의 고독이란 것도 어쩌면 후천적으로 형성된 유전인자의 일종일지도 모르겠다.'

'나와 그의 차이는 무엇인가?'

'절대 고독이란 원래 없었는가?'

이것을 문명과 집단사회의 소산일 따름이려니….

최초의 인류에겐 외로움 따위란 없었다. 강한 동물은 혼자 돌아다니고 약한 동물은 무리를 지어 살 뿐이다.

'사람들이 모여 살면서 오랜 세월 거치며 생성된 것. 그것이 유전자화되어 점차 증폭되고 결국엔 외로움과 고독이 된 것인가?'

'그 유전자가 없는 사람도 미약한 사람도 있겠지. 그래 사람마다 다르다.'

'그 친구는 원시적인 것을 더 편하게 생각하고 행복하였던 모양이구나. 외로움이란 절대적인 것이 아니다.'

'나 홀로 되었다고 모든 사람이 다 외롭거나 절망에 빠져들지 않는다.'

태호는 약간의 용기와 기분 전환을 느끼기 시작하면서 시원하고 호젓한 강원도 계방산 자락에 지어진 친구의 집에 가기로 마음을 굳혔다.

"가자… 이렇게 끝을 맺을 수는 없다."

아주 작은 이름 모를 풀들, 민들레도 봄이 되면 아스팔트 시멘트 틈새를 뚫고 올라오고, 어떤 모험가는 동력도 없이 홀로 노를 저어 태평양을 횡단하는 모험을 하지 아니하였던가….

"그래 가자. 그리고 다시 한 번 전국을 훑어보자. 누군가 있을 것이다. 가능하면 북쪽으로도, 그러고도 부족하면 중국까지도 가보자꾸나"

무거웠던 마음의 고통을 내리고, 활기를 찾은 태호는 여행을 위한 짐을 챙기기 시작했다.

그날 밤, 오랜만에 음악을 틀어보았다.

엠프와 씨디플레이어 위로 먼지가 내려앉아 있어 물수건으로 정성스럽게 닦아 낸 뒤, 위 아래층 걱정 없이 온 아파트에 쿵쿵 울릴 정도로 마음껏 볼륨을 높이고 격정 속으로 빠져들었다.

베토벤의 심포니 '운명'이 마치 태호를 대변하는 듯하였고 피아노 콘체르토 '황제'는 그를 황홀경으로 몰입하게 하였다.

"그래. 베토벤 선생님. 사랑합니다. 베토벤… 당신의 음악은 철학입니다."

피아노 소나타 '열정'을 마지막으로 태호는 무한한 에너지와 희망을 갖고 밤늦게 떨리는 가슴을 안은 채 잠에 들 수 있었다.

다음날 아침, 며칠 전부터 간헐적으로 찾아오는 치통이 마음에 걸렸지만 진통제와 항생제를 준비하는 것으로 준비를 끝내고 아파트 앞마당에 주차된 자가용으로 짐을 내리기 시작했다.

15층에서 식료품, 연료 등을 두서너 번에 걸쳐 엘리베이터로 내리고 마지막으로 옷가지, 세면도구 등을 넣은 가방과 사냥총, 낚시 도구를 양손에 들고 현관을 나섰다.

위 아래층 사람들이 없으니 엘리베이터는 항상 얌전히 기다리고 서 있는데, 정든 집을 잠시 비우는 것이 어쩐지 서글퍼지며 지난 일들이 머리에 스쳐 지나갔다.

태호는 마지막 짐을 끌고 엘리베이터 안으로 들어섰고 문이 닫혔다. 1층 버튼을 누르니 엘리베이터는 아래층을 향해 부드럽게 내려가고 7-8층을 통과하는 것 같았는데… 갑자기 실내등이 꺼지며 스르릉… 덜커덩… 끼웅… 하며 서 버리는 것이 아닌가.

"아차"

"이것 낭패네. 전기가 하필 이때 나가나?"

"설마 아주 영원히? 아니 좀 기다리면 다시 들어오겠지."

양손에서 가방을 내려놓고 우두커니 서서 기다려 본다.

"이제까지 탈 없이 잘 들어오던 전기가 왜 지금 하필….."

암흑 속에서 10여 분이 지났건만 실내등은 들어오지 않고 엘리베이터도 꼼짝하지 않는다. 태호의 심장 박동이 갑자기 빨라지며 초조감이 엄습한다. 더듬거려 가방 속에서 손전등을 꺼내들고 위 아래를 비추어본다. 하얀 불빛이 스테인리스 재질의 벽들에 반사되어 눈이 부시다. 옆으로 비켜 비추니 태호의 모습이 유령처럼 빠르게 어른거린다.

혹시나 하고 천장을 유심히 살펴 보았지만 비상 탈출구는 없는 것 같았다. 설혹 있다 하더라도 받침이 없이는 불가능한 일이다.

가방에서 작은 스위스 칼을 꺼내어 출입문 사이에 끼워 넣고 비틀어 보았지만 열릴 듯하여 좀 더 힘을 주어 강제로 틈새를 키워 보다가 그만 '딱' 하고 부러져 버려 하마터면 손을 다칠 뻔했다. 다행히 상처는 없다.

갈증이 엄습하여 가방에서 생수병에 채워온 냉수를 벌컥 마시다가 곧바로 입을 뗀다.

"겨우 두 개가 있는데, 이 작은 물로 얼마를 기다려야 하나?"

태호는 바닥에 힘없이 주저앉아 버리고 말았다.

전지를 아끼기 위해 손전등 불을 꺼버리니 암흑.

절대 암흑이다.

빛이라곤 들어오지 않는다.

아… 저절로 한숨이 나오는데… 소리쳐 보아도 문을 두드려 보아도 소용없는 일이란 걸 지난 3년간을 통해 너무나 절실히 깨닫지 않았던가.

"그간 방심했구나."

시간이 지나고 정오로 다가서면서 좁은 공간은 숨이 막히는 무더위로 가득해졌고 태호는 견디다 못해 팬티만 남기고 다 벗어 버렸다. 다행스럽게 공기가 들어오는 틈새가 있는지 호흡곤란 증세는 없었다.

팬티만 입었지만 후덥지근하고 불쾌한 더위는 점점 더 가열되어 온다. 오전이 지나고 오후로 넘어가는 것 같은데 참고 참았던 오줌이 급박해졌다.

'바닥에 싸 버린다면 얼마나 냄새가 고약하랴. 그리고 젖어서 바닥에 누울 수도 없겠지.'

가방 속에서 세면도구를 넣어두었던 비닐봉지를 꺼내어 응급 조치를 하였다.

고충 하나를 해결하고 나니 잠시 후련한 기분이 든다.

'대변은 또 어찌 처리해야 하나? 구린 냄새가 이 안에서 진동을 할 텐데….'

'그렇지. 가방을 이용하면 되겠네.'

시간이 더 흐르고 좁은 공간의 더위는 찜질방의 수준을 넘어서 한증막이나 사우나로 치솟아 올랐고 허기와 목마름에 지친 태호는 바닥에 탈진한 상태로 누워버렸다.

'아… 전기는 다시 작동하지 않는가?'

'결국 이렇게 어처구니없이 죽는 것인가?'

생매장되었던 꿈이 떠올랐다.

'그것이 결국 불길한 예언이 되었구나.'

옛날 가족과 함께 생전복을 석쇠에 구워먹는 음식점에 간 일이 생각났다.

'살아있는 전복은 그 뜨거운 숯불에 그만 머리와 꼬리를 하늘로 용트림하다가 서서히 익어갔지. 그때 내 마음이 조금 아팠는데 인간이 영락없이 불판에서 죽을 운명이 될 줄이야….'

'그동안 하느님을 향한 기도가 없었구나. 그래서 천벌이 내렸는지도 모르지, 아….'

'하느님이 날 영문도 모르게 홀로 세상에 남기더니 이제 어처구니없게 잠깐 방심한 틈에 날 철제 관 속에서 소리도 없이 없애버리시는 것인가….'

사람이 궁지에 몰리면 누구나 하느님을 부르게 된다.

최대한 아껴서 먹었지만 생수 한 병은 다 먹어 버렸고 남은 단한 병으로 끝까지 견디어야 한다. 하루 아니면 이틀을 견디다 전기가 다시 들어오지 않는다면….

'몇 모금의 물이 다할 때가 나의 마지막이려니 해야겠지….'

극심함 목마름과 생수 한 병 사이에서 무수한 갈등이 오갔다. 그래도 희망을 놓지 않고서 참고 또 참고 기다려 본다.

'아… 아… 이게 무슨 해괴한 장난인가?'

갇혀버린 작은 공간의 하루가 지난 3년간 방황의 축소판 같아 보인다.

처음에는 탈출을 위한 모색 다음엔 약간 느긋이 버티기 그리고 참기 힘든 고통이었다. 마지막으로 탈진과 포기가 오겠지….

벌컥벌컥 마실 수 있는 생수 단 한 병만 누가 주어도 일어날 수 있을 것 같다.

여름철 냉장고 속에 있었던 빨간 속살의 수박 한 덩어리, 집안에, 슈퍼에 널려 있었던 풍부한 먹거리들… 라면, 국수, 빵, 과자, 떡 같은 간식들이 새삼 하나하나 눈 앞에서 어른거린다. 식탁에 둘러앉아 즐겨 먹던 한 잔의 커피나 시원한 우유, 그리고 야채와 여러 과일들도.

'이렇게 굶어 죽으리라고는 상상도 못 했는데.'

힘이 빠지면서 자꾸 잠이 온다.

지난 추억들이 주마등처럼 스쳐 지나가는데 가족, 친척, 친구들. 즐거웠던 일, 괴로웠던 일들, 그리고 너무나 아쉬웠던 태순의 죽음….

오후가 지나가고 밖에 밤이 왔는지 엘리베이터 안의 어두움에 진정한 암흑이 찾아왔다.

무더움이 약간 가시는 듯하다. 목마름보다 이제 더 무서운 허기가 엄습한다. 뱃가죽이 꺼져 허리에 달라붙어간다. 저혈당이 두려워진다. 한 끼는 굶어 본 적이 여러 차례 있었지만 두 끼 이상을 먹지 않은 적은 없었다.

누워있는 철판 바닥이 식으면서 냉기 때문에 바로 눕지 못하고 좌로 우로 힘없는 몸을 뒤척이며 옆으로 누워야 했고, 발과 다리에 쥐가 나기 시작해서 반사적으로 종아리를 주물러야 했다.

힘겹게 팔을 뻗어 가방 속에 있는 여름 셔츠를 모두 껴입어 보았다. 팔베개를 하다 보니 손이 저리고 목이 비틀어져 길게 잘 수가 없어 자다 깨다를 반복한다.

새벽녘이 되면서 바닥의 냉기가 온몸을 얼어붙게 만들었고 태호는 부르르 떨며 폐렴에 걸릴 수도 있겠다는 생각을 했다. 지친 몸을 가까스로 일으켜 벽 모서리에 기대어 두 손으로 몸을 비비며 저체온증을 피해 본다. 냉기가 열기보다 더 무섭다.

이렇게 고통 속에 하루가 지나가고 다시 아침이 그리고 뜨거운 오후로 넘어갔다. 자다 깨다를 반복하며 점차 머릿속이 텅 비어 오는데, 미지근했던 치통이 심하게 나타나기 시작했다.

손가락을 입속에 넣어보니 송곳니 잇몸이 새끼 손가락만하게 부어버렸다. 그간 치석이 쌓여 치주염이 온 것이다.

"이제껏 잘 견디어 왔는데….”

마음 같아서는 송곳으로 팍 찔러 고름을 뽑아내면 나을 듯하다. 하필 이때에 안면과 머리에 참기 힘든 통증을 느끼다니….

배고픔과 목마름 속에서 견디다가 결국 생수병의 마지막 물 한 모금을 다 마셔 버렸다. 이제 얼마 남지 않은 듯한데… 다시 한 번 어릴 때부터 지금까지 만났던 모든 사람들을 눈에 떠올려 보기 시작했다.

'한번 더 잠에 떨어지면 다시 눈을 뜰 수 있을까?'

'전기가 이렇게 한순간에 나의 목숨을 앗아 갈 줄이야… 전기 문명이라… 그래 현대 문명은 전기 에너지 앞에 앉아 있는 한 마리의 부나비일지 모르지.'

'그 전기가 끊어진다면 우리의 문명은 사멸할 것이고 그렇다면

나의 운명도 끝이 아니겠는가?'

다시 추위가 몰려온다. 몸이 몹시 떨린다.

손전등을 켰다. 이제 아껴서 무엇하리….

자신의 마지막 모습이 벽면에 비추이고 정신이 다하기 전 그리웠던 부모님, 아내와 자식들 그리고 태순을 다시 생각해본다.

'이게 정말 마지막이란 말인가?'

'그래 태순이 우리 이젠 영원한 이별이야.'

'한번 잠에 떨어지면 다시는 못 일어나겠지. 한세상 구경 한번 잘 했다. 그것만으로도 축복이었는지도 모르지.'

아… 태호는 긴 한숨을 내쉬고 기도를 한다.

"저의 잘못이 있다면 용서하여 주시옵소서."

그의 눈가에 어느덧 눈물이 고이고….

"제게도 작은 영혼이 있다면 구하여 주시옵소서."

교회에 열심히 다니지는 못하였지만 이상하게 기도하고 싶은 절실한 마음이었다.

궁지에 빠지면 하느님을 찾는다.

결국 부정할래야 부정할 수 없는 존재이려니….

극심한 목마름과 허기, 추위, 끊임없는 치통의 삼각파도 속에서 태호는 결국 견딜 수 없게 되었고 새벽의 저체온증을 지나 저혈압으로 빠져 들어가기 시작했다.

머리는 더욱 몽롱해지면서 몸은 축 땅으로 늘어져 간다.

'지난 3년간 나는 참으로 특이한 경험을 하였다.'

'죽음이 꼭 두려운 것만은 아니리… 2-3일 견디다 2-3분 참으면 가는 것 아닌가.'

객지의 골방에서 죽어간 김삿갓이 생각난다.

그는 눈물을 흘리다가 "그래도 즐거웠노라. 으하하하."

하고 호방하게 웃었다 한다.

"그래 마지막으로 노래나 하나 크게 부르고 죽자꾸나."

그러나 이미 성대가 말라붙어 버려 소리가 나오지 않고 어떤 노래를 불러야 할지 머뭇거리는데….

어디서 희미하게 노랫소리가 들려오는 듯하다.

밖에서 들려오는 소리는 점점 또렷하게 들리고
산모퉁이 바로 돌아 송학사 있거늘
무얼 그리 갈래갈래 깊은 산속 헤매나
밤벌레에 우는 계곡 별빛 곱게 내려앉나니

그리움 맘 임에게로 어서 달려가보세

'앗! 이 노래는 가수 김태곤의 송학사!'
"잘도 주무시네. 출근 안 할 거야? 얘야 일어나시게 FM 라디오 소리 좀 크게 해라."
또렷하게 마누라의 음성이 들려왔다. 그리고 요란하게 귓가를 때리는 노랫소리….

간밤에 울던 제비 날이 밝아 찾아보니
처마 끝엔 빈 둥지만이 구구 만 리 머나먼 길
다시 오마 찾아가니 저 하늘에 가물거리네.
에헤야 날아라 에헤야 꿈이야
그리운 내 님 계신 곳에
저 하늘에 구름도 둥실둥실 떠가네.
높고 높은 저 산 너머로
내 꿈마저 떠가라 두리둥실 떠가라.
오매불망 내 님에게로…

태호의 온몸은 흠뻑 젖어 있었다.